Verzauberte Welten

LIEBESGLÜCK UND LIEBESLEID

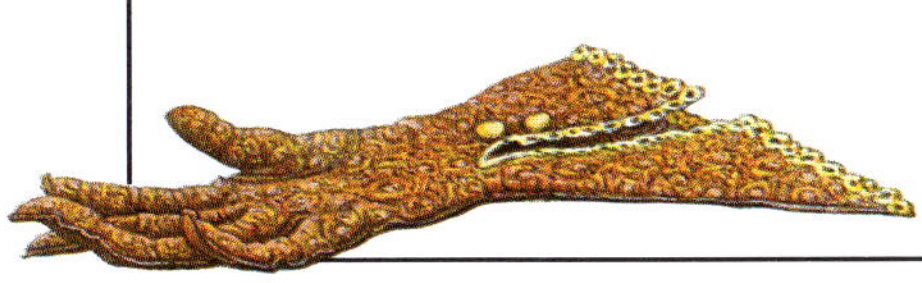

Verzauberte Welten

LIEBESGLÜCK UND LIEBESLEID

von der Redaktion der Time-Life-Bücher

Der Inhalt

Time-Life Bücher . Amsterdam

Kapitel Drei

Der Triumph wahrer Liebe · 96

·1·

·1·

Liebende als Spielball des Schicksals

In der alten Welt, als noch Götter und Göttinnen über die Erde schritten und unsichtbare Mächte das Leben der Sterblichen bestimmten, wurde die Liebe nie leichtgenommen. Stürmisch oder zart, plötzlich oder langsam sich entfaltend, war sie eine Kraft, die sich jedem Verständnis entzog.

Liebe gebar Träume und Nachtmahre, zeugte Ekstasen oder Irrsinn, beseelte Dichter und Mörder in gleichem Maße. Aber kaum jemand war so töricht zu glauben, daß des Menschen Wille sie beherrschen könne. Junge Leute versuchten sich in der Magie, sie hofften durch Zauberbann und Zauberspruch den Namen dessen zu erfahren, der ihnen für die Zukunft bestimmt war. Aber sie wußten wohl – oder mußten bald erkennen –, daß es nicht in ihrer Macht stand, etwas an dem zu ändern, was ihnen solcherart offenbart worden war.

Die alten Sagen berichteten, wie Gottheiten die Liebe lenkten, um ihre eigenen dunklen Absichten zu verfolgen. Es war kein Zufall, daß einander so fremde Götterwelten wie die der Griechen und der Inder sich gleichermaßen treffsicherer Bogenschützen rühmten, die Pfeile der Leidenschaft abschossen. Aber es gab auch andere übernatürliche Eingriffe: Verwünschungen, die ihre eigene schwarze Gerechtigkeit walten ließen, und Geister – gute wie böse –, die alle Grenzen des Raumes und der Zeit durchbrachen, um ein einander bestimmtes Paar zusammenzubringen. Wie lange diese Ereignisse auch zurücklagen, wie fern auch das Land sein mochte, in dem sie sich abspielten – alle diese Erzählungen besaßen für ihre Zuhörer eine drängende Unmittelbarkeit. Die Liebe, mit all ihren Schrecken und all ihren Seligkeiten, schlug den Bauern wie den Prinzen in ihren Bann, und jeder, der ihr verfiel, war eine Zeitlang den Göttern nahe.

Ein Bräutigam für des Meereskönigs Tochter

In der tiefsten Tiefe des Ägäischen Meeres, so wußten griechische Erzähler zu berichten, lag ein geheimnisvolles Zauberreich, bevölkert von Meerjungfern und Monstern, ja einer ganzen Meeresaristokratie. Der König dieses Reiches hieß Nereus. Obwohl schon lange von Poseidon als höchste Gottheit über alle Wasser der Welt entthront, besaß er noch immer außergewöhnliche prophetische Gaben. Eines Tages nutzte er diese Fähigkeit, um das künftige Schicksal der schönsten seiner Töchter, der Nereiden, zu erfahren, und trug so dazu bei, die Tragödie einer unpassenden Liebesverbindung zu verhindern, die am Ende die Götter selbst dem Abgrund nahe gebracht hätte.

Nereus' Ruf als Seher veranlaßte einst sogar Poseidon, den Rat seines Vorgängers einzuholen. Mit mächtigen Schlägen bahnte er sich einen Weg durch die Wogen, die nach Art guter Diener ihrem Herrn Platz machten, und tauchte auf den Meeresgrund hinab. Scharen schimmernder Thunfische und Schwärme von Sardinen huschten aufgeschreckt davon. Der altehrwürdige Meereskönig feierte gerade den Geburtstag seiner jüngsten Tochter Thetis. Poseidon wurde mit allem schuldigen Respekt empfangen, und Thetis selbst wartete ihm beim Mahl auf. Ihre Schönheit überwältigte ihn so sehr, daß er seinen Appetit auf das rosafarbene Austernfleisch und auf den Wein aus Seetrauben verlor und wie geblendet die Nymphe anstarrte, die ihm die Köstlichkeiten reichte.

In durchsichtigen Gewändern, die sie mit der Strömung umflossen, stand sie vor ihm und fixierte ihn mit ihren meergrünen Augen. Um ihre Zehen ringelten sich Seesterne. Noch nie hatte der Gott ein schöneres Wesen erblickt. Ihre Schwestern, die ihr zu Ehren tanzten, beachtete er kaum, obwohl jede von ihnen eine Schönheit eigener Art war.

Während Poseidon sie beobachtete, wuchs sein Verlangen nach ihr immer mehr. Nereus brauchte seine hellseherischen Fähigkeiten nicht zu bemühen, um zu erkennen, was sich zwischen dem Herrn der Meere und seiner jüngsten Tochter abspielte. Die schroffen Gesichtszüge des Königs wurden noch strenger, als er sein besonderes Augenmerk auf sie richtete.

Sobald der Tanz schließlich geendet hatte, rief Nereus Thetis zu sich und setzte ihr eine Perlenkrone aufs Haupt. Der meergeborene Reif stellte ihre Mitgift dar. Thetis hob ihren Kopf und blickte zu Poseidon auf. Beider Augen hielten einander fest, und damit war es um sie geschehen.

Poseidon stand auf und verkündete, daß er Thetis zu heiraten gedenke. Er erwartete keine Einwände von Seiten des Vaters der Nymphe. Als der alte König dennoch gegen die Heirat zu protestieren wagte, bekam Poseidon einen solchen Wutanfall, daß der Meeresboden zu beben begann und die Krebse sich eilig in ihre schützenden Höhlen flüchteten. Nereus bat Poseidon, sich eine Weissagung über die Zukunft seiner Tochter Thetis anzuhören, bevor er sich entschließe, sie zu heiraten, aber der starrköpfige Olympier weigerte sich. Da Nereus zwar klüger, aber nicht so mächtig war wie der jüngere Gott, vertraute er bei der Lösung des Problems auf die Zeit und versprach Poseidon, er könne Thetis als seine Braut heimführen, falls er noch ein Jahr und einen Tag warte.

Poseidon mußte einwilligen, aber Traumbilder von der Nymphe verfolgten ihn fortan, wo er ging und stand. Ob es ihr nun durch die uralte Magie des Meeres gelungen war, ihn zu bezaubern, oder ob ihre Schönheit allein dies schon bewirkt hatte – er war jedenfalls an sie gefesselt. Sogar in den sonnendurchfluteten Himmelspalästen, wo die mächtigsten Götter und Göttinnen große Tafel hielten mit Nektar und Ambro-

Hingerissen vom Zauber der Nymphe Thetis, des Meereskönigs Tochter, schaute der Gott Poseidon zu, wie sie den Segen ihres Vaters empfing. Er beschloß, sie als Braut heimzuführen.

Als Poseidon die Kunde von Thetis' Schönheit nach Hause auf den Olymp brachte,

entschloß sich Zeus, der höchste aller Götter, die Nymphe selbst in Augenschein zu nehmen.

In der Gestalt eines Adlers beobachtete er sie beim Tanz am Strand.

sia, kam ihm ihr lächelndes Gesicht in den Sinn, so daß er von all dem, was um ihn herum vorging, nichts wahrnahm.

Bei einem solchen Fest stand auf einmal ein brisantes Thema zur Debatte. Der redegewandte Hermes, der flinke Götterbote, und der häßliche Hephaistos, der Schmied der Götter, begannen über die Schönheit der Göttinnen zu rechten. In der Diskussion erhitzten sich bald die Gemüter. Jeder der Anwesenden ergriff Partei in dem Bemühen, die Position seines Favoriten zu verbessern. Die Damen, um die es sich handelte, scheuten sich nicht, der Versammlung Argumente zu ihren Gunsten kundzutun. Die Rivalität zwischen ihnen war tiefverwurzelt. Es dauerte nicht lange, und Hera war ergrimmt, Aphrodite schmollte, und Athene appellierte an ihren stets nachsichtigen Vater, die Frage in ihrem Sinne zu entscheiden.

Zeus, darauf bedacht, nicht in den Streitfall hineingezogen zu werden, wandte sich an Poseidon, mit der Bitte, seine Meinung dazu zu äußern. Der Meeresgott überraschte die Gesellschaft mit der Mitteilung, das schönste Geschöpf des Universums sei keine Göttin, sondern eine Nymphe. Die Göttinnen lachten Poseidon im sicheren Gefühl der eigenen Vorzüge aus, weil er so blind war vor Liebe wie jeder sterbliche Tor: Es war allgemein bekannt, daß der Anblick einer Nymphe Männer vor Liebe zum Wahnsinn trieb. Darauf beschwor Poseidon das Bild seiner Liebsten in den leuchtendsten Farben und beschrieb voll Leidenschaft ihre Schönheit beim Tanz am mondbeschienenen Strand. Die Göttinnen konnte er mit seiner Schilderung allerdings nicht überzeugen, aber das wollüstige Herz des Herrn der Götter erwärmte sich dabei, und sein Interesse an Thetis erwachte: Als Gott der Fruchtbarkeit empfand es Zeus geradezu als seine Pflicht, sich mit den hübschesten Mädchen, ob Mensch oder Göttin, zu vereinen.

In der darauffolgenden Nacht verließ Zeus heimlich den Olymp und schlüpfte in die Gestalt eines Seeadlers. Er zog hoch über dem Meer seine Kreise, immer auf der Suche nach dem Lieblingsplatz der Nereiden. Vor leuchtendweißem Strand und mondbeglänzten Wellen im Hintergrund erspähte er Thetis beim Tanz. Zeus ließ sich in der Nähe nieder, schaute ihr einen Moment lang zu – und verlor sein Herz an diese anmutige Nymphe. Er kehrte zum Olymp zurück und verkündete, daß er sie für sich selbst begehre.

Poseidon erhob Einspruch, denn Thetis sei ihm bereits versprochen worden. Darauf stritten sich die erhabenen Götter wie zwei Hunde, die um einen Knochen kämpfen. Ihre Wut entbrannte so sehr, daß der Olymp selbst ins Wanken geriet und Blitze über die Köpfe der Unsterblichen hinwegzischten.

Als eben ein Bruderkrieg auszubrechen drohte, erschien Themis, Göttin der Gerechtigkeit und Tochter der Mutter Erde, auf der Bildfläche. Die Rauferei endete, als die Götter und Göttinnen ihr Respekt zollten. Themis war in die Geheimnisse von Vergangenheit und Zukunft eingeweiht, und sie enthüllte die Bestimmung der Meeresprinzessin: Jeder Sohn, den die Nymphe gebar, sei vom Schicksal dazu ausersehen, mächtiger als sein Vater zu sein.

Die Tragweite der Botschaft verfehlte nicht ihre Wirkung auf die Brüder. Wenn dieses Kind von einem Unsterblichen gezeugt würde, würde es die Götter vom Olymp stürzen. Angesichts einer solch katastrophalen Perspektive kamen Zeus und Poseidon überein, ihre Lust zu zügeln.

Die versammelte Runde faßte nun Thetis' Schicksal ins Auge. Unverheiratet blieb sie eine Gefahr, denn dann könnte sie vielleicht die Braut eines ihrer Feinde, der Riesen, werden, die einstmals die Götter in einer Schlacht fast besiegt hatten. Ein Sohn, der mächtiger wäre als einer dieser ehrfurchtgebietenden Väter, würde eine unerträgliche Bedrohung darstellen. Die Göttin der Gerechtigkeit erteilte ihnen daher den Rat, Thetis mit einem Menschen zu verheiraten, so daß ihre Kinder eines Tages wie alle Menschen stürben.

Ein Jüngling namens Peleus wurde für die Ehre, Thetis zu ehelichen, auserwählt. Er war der Sohn eines Königs, ungerechterweise verbannt, darauf von den Göttern gerettet und im Wald in Sicherheit gebracht. Dort lebte er nun beim Kentauren Cheiron und wartete, was die Götter mit ihm vorhatten. Unterdessen weihte ihn der weise Kentaur in all seine Kenntnisse ein.

Nach einem Besuch von Hermes, dem Götterboten, erteilte Cheiron Peleus den Auftrag, bei Vollmond gelben Seemohn zu sammeln: Als Ausrede gab er an, er benötige die Pflanze für eine Heilsalbe. Als Peleus sich der Küste näherte, wurde er vom Klang melodischer Stimmen angezogen und entdeckte eine Schar Mädchen, die am Strand im Kreis tanzten. Eine der Nymphen – Thetis – übertraf alle anderen an Liebreiz. Er schaute zu, fasziniert erst und dann schwindlig vor Verlangen. In einer Tanzpause stand er ihr Auge in Auge gegenüber. Sie schrie erschreckt auf und flüchtete ins Meer.

Der Kentaur war nicht erstaunt, als Peleus gebrochenen Herzens und ohne Seemohn, den er eigentlich hatte holen sollen, zurückkehrte. Er klärte Peleus auf, daß die Nymphe, die er gesehen hatte und nun liebte, von den Göttern für ihn bestimmt sei. Um sie jedoch für sich zu gewinnen, müsse er eine Prüfung bestehen. In der folgenden Nacht solle er sie beim Tanz am Strand fangen und um jeden Preis festhalten, was immer auch geschehen möge. Peleus, dessen Körper durch das Jägerleben und Übungen im Ringen gestählt war, willigte ein. Im stillen dachte er, es könne nicht schwer sein, die schlanke Nymphe festzuhalten. Sobald Thetis auftauchte, packte Peleus sie, verliebter als je zuvor, umschlang sie mit den Armen und ließ sie nicht mehr los. Aber da begann die Prüfung für ihn.

Das schöne Antlitz des Mädchens verwandelte sich in eine wutverzerrte Grimasse. Auf ihrer seidigen Haut sproß schwarzes Fell, ihre Lippen dehnten und verzogen sich, bis ein Fauchen aus ihrem Mund kam. Ihre perlweißen Zähne wuchsen und spitzten sich zu Hauern zu. Dabei gruben sich ihre Nägel, auf einmal groß wie Klauen, tief in sein Fleisch ein. Aus ihrer Kehle drang das heisere Knurren eines Panthers, während sie sich in seinen Armen wand und krümmte, verzweifelt um ihre Freiheit kämpfend. Der Schwanz des Panthers peitschte durch die Luft und schlang sich um sein Bein, wo er sich im nächsten Moment in eine kalte Schlange verwandelte und ihn einschnürte. Das Reptil verschwand, an seiner Statt erschien zuerst eine sengende Feuersäule, dann ein tosender Wasserfall, darauf ein Seeadler, der heftig mit den Flügeln schlug. Peleus hielt stand. Schließlich war die Nymphe erschöpft und

Eine Prophezeiung warnte, daß Thetis als Braut eines Gottes den Göttern Unglück bringen würde. Daher sollte der Königssohn Peleus sie heiraten. Um die Nymphe für sich zu gewinnen, mußte er eine schwere Prüfung bestehen.

vermochte sich nicht mehr in andere Wesen zu verwandeln. Sie erschien, nun endgültig besiegt, wieder in ihrer eigenen Gestalt.

Er sei, erzählte sie ihm, der erste Mensch, der jemals eine Nymphe als Braut gewonnen habe. Nur weil die Götter ihrer beider Wettkampf angeordnet hatten, sei ihm die Kraft verliehen worden, sie zu bezwingen. Die Nacht verbrachten sie einer in den Armen des anderen. Peleus konnte sich nicht satt sehen am Antlitz der Nymphe noch genug bekommen von dem salzigen Duft, der ihrem Haar und ihrer Haut entströmte. Während er ihre zarten Glieder liebkoste, berichtete ihm Thetis von der Lebensweise ihres Volkes und ihrem Dasein auf dem Meeresgrund.

Als der Himmel schon hell wurde, bat Thetis Peleus, vor ihrer Heirat eine einzige Bedingung zu akzeptieren. Da sie eine Meeresgöttin aus altem Geschlecht sei, dürfe er sie nie so behandeln, wie bei den Menschen Ehemänner üblicherweise mit ihren Frauen verfuhren – sie nie grob anfahren, roh anfassen oder es wagen, sie herumzukommandieren. Die Göttin in ihr würde eine solche Behandlung nicht dulden. Die Strafe für jede Übertretung würde sofort folgen – Thetis würde für alle Ewigkeit in das Königreich ihres Vaters entschwinden. Peleus gab ihr sein Wort.

Bevor Thetis mit ihrem Geliebten zu Cheirons Höhle aufbrach, verweilte sie noch einen Augenblick, um etwas von dem gelben Seemohn zu pflücken, den eigentlich Peleus hatte holen sollen und in der Nacht zuvor vergessen hatte. Nun gab es für den Kentauren aber wirklich Anlaß, eine heilende Salbe anzurühren: Peleus war braun und blau geschlagen worden bei der Bewältigung der Prüfungsaufgaben, die er um seiner Braut willen auf sich hatte nehmen müssen.

Cheiron beglückwünschte sie bei der Begrüßung aufs herzlichste. Er berichtete, daß sämtliche Götter und Göttinnen am selben Abend zur Hochzeitsfeier eintreffen würden. Da es sich um die erste Vermählung eines Menschen mit einer Göttin handele, wollten sie ihnen zu Ehren dabeisein. Sterbliche und Unsterbliche waren sich natürlich auch vorher schon begegnet und in Liebe zueinander entbrannt. Zeus etwa hatte unter den unglaubwürdigsten Vorwänden mit mehr als einem Menschenmädchen angebandelt. Leda war er als Schwan erschienen, Io als Wolke, und der tugendhaften Alkmene hatte er sich in Gestalt ihres Ehemannes genähert. Seine Leidenschaft war jedoch, obwohl stets fruchtbar, schnell vergänglich. Nie zuvor aber waren eine Göttin und ein Mann in gesetzlichem Ehestand verbunden worden.

Bei Vollmond, dem Vorboten des Glücks bei Hochzeiten, reinigten sich Peleus und Thetis durch ein Bad im kristallklaren Wasser einer Waldquelle. Dann betraten sie Cheirons Höhle, um bei Fackelschein die Gäste zu erwarten.

Waldnymphen bewarfen sie mit Früchten und Nüssen als Symbolen der Fruchtbarkeit, und Löwen scharten sich mit Wölfen um den Sitz der Braut. Kaninchen, Eichhörnchen und Feldmäuse tollten im Raum umher und zeigten vor den jetzt so zahmen Raubtieren überhaupt keine Furcht. Sie alle huldigten Thetis. Ein Schleier verhüllte ihr Gesicht als Schutz gegen böse Geister, die vielleicht diesen festlichen Tag zu stören wagten. Unter dem spinnwebfeinen Stoff ihres Kopfputzes schimmerte die Perlenkrone.

Vor der Höhle ertönten die ersten leisen Klänge einer göttlichen Melodie. Die Tiere hielten mit dem Possentreiben inne, und Peleus nahm eine königliche Haltung an: Er erwartete die Ankunft der Götter, die ihm seinen Herzenswunsch erfüllt hatten. Zeus trat als erster ein, ihm folgte Hera. Sie begegnete Thetis mit einem zuckersüßen Lächeln, ihr Ärger über die Nymphe war anscheinend vergessen. Die Leiden, die Thetis als Frau eines sterblichen Mannes und als Mutter seiner Kinder erwarteten, würden schon Strafe genug sein – eine Strafe, wie sie Hera einer Frau nur wünschen konnte, die ihr fast den Ehemann abspenstig gemacht hatte.

Als nächste erschienen Apoll, der die Leier zupfte, und seine Zwillingsschwester Artemis, die keusche Jägerin, begleitet von der Göttin Peitho: Alle drei waren Schutzgötter der Ehe. Ohne die Hilfe der sanften Peitho konnte keine Ehe erfolgreich verlaufen, denn nur sie verfügte über die heikle Kunst der Überredung, durch die allein zwei Seelen völlig eins zu werden vermögen. Die anderen Gottheiten strömten jetzt scharenweise herbei und nahmen ihre Plätze ein.

Alles war nun bereit. Mit einer kurzen Ansprache übergab Poseidon das Kind des alten Meereskönigs dem stattlichen jungen Mann aus dem Menschengeschlecht. Nun, da die Hochzeit vollzogen war, konnten die Götter und Göttinnen wieder beruhigt aufatmen – kein Sohn, den Thetis vielleicht zur Welt bringen würde, vermochte jetzt noch ihre Hegemonie zu erschüttern.

Mitten in all den Festlichkeiten stand eine Gestalt gedankenverloren abseits. Nereus, der aus seinem Reich unter dem Meer an Land gestiegen war, hatte das Los seiner Tochter von Anbeginn gekannt und war sich über die Bedrohung im klaren gewesen, die eine Vaterschaft für Poseidon bedeutet hätte. Unbewegt hatte er das Walten des Schicksals im Wettstreit zwischen Zeus und dem Gott des Meeres abgewartet sowie dessen glückliche Lösung durch die Heirat, die nun stattfand.

Aber er beteiligte sich nicht an der Lustbarkeit um ihn herum. Während die anderen Gäste vor sich nur ein junges Paar in strahlendem Liebesglück erblickten, sah er schon wie in einem Traum das fürsorgliche Elternpaar vor sich, das aus ihnen werden würde: Eltern, die zärtlich ihren erhofften Sohn, der ihnen geschenkt würde, ängstlich umhegten. Der Knabe würde zu einem Mann mit außergewöhnlichen Kräften heranwachsen, zu einem Jüngling, dessen lauterer Sinn und schöne Gestalt jeden bezaubern würden, der ihm begegnete. Dies alles sah Nereus bereits voraus, aber es entlockte ihm kein Lächeln. Denn er wußte auch schon, daß der Name des Sohnes Achilleus sein würde und daß alle Fürsorge und Hingabe einer vernarrten Mutter nicht ausreichen würden, um ihn vor einem grausamen Tod in der Blüte seiner Jahre während der Schrecken des Trojanischen Krieges zu bewahren.

Um die Verbindung eines Menschen mit einer Nymphe zu feiern,
versammelten sich Wesen aller Existenzformen beim Hochzeitsfest:
Götter und Göttinnen, Kentauren und Satyrn, Vögel und Tiere.

Der Gott der Ehe

Im alten China, so wußten die Erzähler zu berichten, verfügten die Unsterblichen, welcher Mann sich mit welcher Frau die Hand zum ehelichen Bunde reichen sollte. Hatte der Gott der Ehe erst einmal einen unsichtbaren roten Faden um die Füße der beiden Auserwählten geschlungen, so konnte keine Macht der Erde sie mehr trennen. Eine Geschichte aus der Tang-Dynastie erzählt, wie es einem Mann erging, der seinem ehelichen Schicksal zu entgehen versuchte.

Wei Ku, der Held der Geschichte, war ein ehrgeiziger junger Mann, der alle Prüfungen für die Aufnahme in den Beamtenstand sicher bestanden und eine glänzende Karriere unter den Besten des Reiches vor sich hatte. Mit seinen beruflichen Aussichten glaubte Wei Ku, obwohl selbst eher bescheidener Herkunft, Anspruch auf eine reiche Frau von gehobenem Stand zu haben. Aber unglücklicherweise hatte er keine Eltern mehr, die, wie in jenen Tagen üblich, eine Ehe für ihn hätten arrangieren können.

Als Wei Ku sechsundzwanzig Jahre alt war, schienen seine kühnsten Träume in Erfüllung zu gehen. Ein Freund übernahm es, in seinem Namen mit einem hohen Beamten zu verhandeln, der eine wunderschöne Tochter hatte. Dieser betrachtete Wei Kus Referenzen mit Wohlwollen. Nur die heikle Frage der Mitgift war noch zu klären.

Am Abend vor der schicksalsschweren Verhandlung konnte Wei Ku sein hämmerndes Herz kaum beruhigen. Die ganze Nacht fand er keinen Schlaf. Es war noch dunkel, als er aufstand und sich auf den Weg zu einem nahen Tempel machte, um Glück für das Unterfangen seines Freundes zu erbitten. Am Tempel angekommen, stellte er überrascht fest, daß er trotz der frühen Stunde nicht allein war. Auf der Treppe, die zum Eingang hinaufführte, saß, in ein Buch vertieft, ein gebrechlicher alter Mann. Als Wei Ku ihm über die Schulter sah, erblickte er eine seltsame, kritzelige Handschrift. Obwohl ihm als Gelehrtem alle 40 000 Zeichen der chinesischen Schrift bekannt waren, konnte er kein Wort dieser Schrift entziffern. Höflich bat er den Alten, ihm zu sagen, um welche Sprache es sich handele.

Der Alte sah zu Wei Ku auf und gab die gewünschte Auskunft: Er lese im Buch der Geisterwelt. Der Fragesteller habe es doch sicher schon gesehen? Dann schaute er seinen Gesprächspartner genauer an und lachte leise in sich hinein. Ihm war zunächst entgangen, daß Wei Ku ein Sterblicher war. In den Stunden, in denen er die Erde besuche, so erklärte er, seien normalerweise nur Geister unterwegs. Überrascht, einem Wesen der anderen Welt gegenüberzustehen, fragte Wei Ku den Fremden behutsam, wer er sei. „Ich bin der Gott der Ehe", lautete die Antwort. Da fiel Wei Kus Blick erneut auf das schwere Buch, das der Alte auf den Knien hielt. Der Band, erklärte der Fremde, enthalte ein Verzeichnis aller Ehen, die auf Erden geschlossen wurden – auch der zukünftigen.

Da kniete Wei Ku nieder und bat zu erfahren, ob seiner Brautwerbung Erfolg beschieden sein würde. Entgegenkommend schlug der Alte die entsprechende Seite des Buches auf. Dann schüttelte er den Kopf; die Verhandlungen, so stand dort geschrieben, würden noch am selben Tage scheitern. Wei Ku werde zwar heiraten, aber erst nach einer Frist von vierzehn Jahren; seine zukünftige Frau sei gerade drei Jahre alt. Wei Ku konnte seine Enttäuschung über die lange Wartezeit, die ihm bevorstand, nicht verbergen. Doch dann regte sich in ihm die Neugier: Wer war die Dreijährige, mit der er eines Tages sein Leben teilen sollte? Der Gott der Ehe bot an, ihm das Mädchen zu zeigen.

Zusammen gingen die beiden durch die schmalen Gassen, die zum Markt führten. In-

Auf den Stufen eines Tempels traf ein junger Gelehrter einen alten Mann, der sich ihm als Gott der Ehe zu erkennen gab. Er las in einem dicken Buch, das die Namen aller Paare verzeichnete, die füreinander bestimmt waren.

zwischen war es hell geworden, und die Händler breiteten ihre Waren aus. An einem Nudelstand setzte ein kugelrunder Koch einen Topf Wasser auf. Tuchhändler drapierten ihre Stoffe; Bauern in blauen Jacken packten ihr ärmliches Angebot aus. Plötzlich blieb der Gott der Ehe vor einer alten Frau stehen, die gerade ihr Bündel absetzte. Angewidert starrte der junge Beamte auf ein schmuddeliges Kind, das sich an den Rock der Alten klammerte. Diese verwahrloste Kleine sollte seine zukünftige Frau sein?

Wei Ku flehte den Gott an, ihn von seinem Schicksal zu entbinden und der Ehe mit der Tochter seines Kollegen zuzustimmen. Aber der Fremde tippte bedeutungsvoll auf das Buch. Dann öffnete er einen Lederbeutel, den er bei sich trug, und zeigte Wei Ku ein Knäuel roter Fäden. Ein solcher Faden, sagte er, verbinde Wei Ku mit dem Kind, und daran sei nichts mehr zu ändern. Mit diesen Worten verschwand er in der Menge.

Am gleichen Tag erfuhr Wei Ku von seinem Mittelsmann, daß er das Heiratsangebot wegen der kümmerlichen Mitgift, die die Braut erhalten sollte, zurückgezogen hatte. Damit war die erste Vorhersage des Gottes erfüllt, und Wei Ku fühlte Verzweiflung in sich aufsteigen. Er beschloß, etwas zu unternehmen, um sein Schicksal abzuwenden.

Am selben Abend noch machte er sich auf den Weg in die verrufenste Spelunke der Stadt und heuerte einen Mörder an, der das Kind aus dem Wege räumen sollte. Einige Tage später erschien der Mann im Dunkel der Nacht, um seinen Lohn abzuholen. Er zeigte Wei Ku seinen Dolch, der noch feucht von Blut war. Da empfand Wei Ku tiefe Reue, aber es war zu spät. Die Jahre vergingen, und mit der Zeit gelang es ihm, immer seltener über das unselige Ereignis nachzudenken.

Alle seine Versuche, doch noch zu einer passenden Frau zu kommen, scheiterten. Wei Ku wurde vierzig Jahre alt und stieg zu einem

Der Gott der Ehe zeigte dem jungen Mann seine zukünftige Braut, indem er auf ein in Lumpen gekleidetes Kind wies. Der Gelehrte war entsetzt, denn er hoffte auf eine Heirat, die seiner Karriere förderlich war.

酒

hohen Berater der Regierung von Hsiangtschou auf. Da endlich sollte sich sein Traum erfüllen. Wei Kus Braut Wu, gerade siebzehn Jahre alt, war ein Mündel des Fürsten . Dem Brauch der Zeit entsprechend, lernte sich das Paar erst bei der Hochzeit kennen. Wei Ku sah seine Frau zum erstenmal, als sie in einem roten Hochzeitssessel über die Schwelle getragen wurde. Ein rotes, drachenbesticktes Seidengewand umhüllte ihren Körper, und ein Schleier verbarg ihr Gesicht.

Während der langen Hochzeitszeremonie konnte Wei Ku sein Verlangen, das Antlitz seiner jungen Braut zu sehen, kaum beherrschen. Zusammen traten sie vor den Altar und verbeugten sich vor Wei Kus Hausgöttern, dann vor den Gedenktafeln seiner Ahnen. An der Hochzeitstafel blieben sie stehen, erhoben ihre Kelche, die mit Honigwein gefüllt und durch einen roten Faden verbunden waren, und tranken einander zu. Als Wei Ku den roten Faden sah, erbleichte er, von der Erinnerung an das furchtbare Ereignis aus seiner Jugend überwältigt. War es ihm tatsächlich gelungen, seinen Schicksalsfaden zu zerschneiden?

Er mußte zugeben, daß der Gott der Ehe das Alter seiner Braut und die Zeitspanne bis zu seiner Heirat richtig vorausgesagt hatte. Doch das konnte Zufall sein. Als das frisch vermählte Paar die Kelche absetzte, traten die Ehrendamen auf die Braut zu, um ihr den Schleier abzunehmen. Vor Wei Ku stand eine atemberaubende junge Frau. Ein goldener Kamm ordnete ihr Haar, und ein silbernes Geschmeide hing tief in ihre Stirn.

Endlich ließ man Wei Ku und Wu allein. Sie zogen sich auf die Bettkissen zurück, und Wei Kus Hand glitt zärtlich über das Gesicht seiner jungen Frau. Sie lag still, bis er versuchte, ihr den Kopfschmuck abzunehmen. Da zuckte sie zusammen, und es bedurfte vieler Zärtlichkeiten und geflüsterter Liebesschwüre, bis sie schließlich nachgab. Wei Ku entfernte das Geschmeide und blickte erschrocken auf eine lange graue Narbe, die vom Haaransatz bis zu den Augenbrauen reichte. Nachdem er ihr versichert hatte, daß nichts ihre Schönheit entstellen konnte, erkundigte er sich sanft nach der Ursache dieser schrecklichen Verwundung. Zögernd erzählte Wu ihm ihre Geschichte.

Sie stammte aus einer vornehmen Familie, doch beide Eltern waren während einer Epidemie gestorben, als sie gerade drei Jahre alt war. Ein paar Monate später hatte man sie auf den Weg zu ihrem Onkel, dem Fürsten von Hsiangtschou, geschickt. Aber in den wirren Tagen, bevor ihr Onkel sie zu sich nahm, hatte Wu niemanden auf der Welt als ihre alte Kinderschwester. Die gute Frau hatte sich und ihren zarten Schützling am Leben erhalten, indem sie auf dem Markt Gemüse verkaufte. Wu erinnerte sich noch vage an den Hunger und die Kälte, unter der sie gelitten hatte. Doch diese Unbill war nichts gegen den Schrecken des Ereignisses, dem sie ihre Verunstaltung verdankte.

Aus dem Gedränge der Menschen auf dem Markt hatte sich eines Abends ein Unhold auf sie gestürzt, ein Messer in der hocherhobenen Hand. Noch heute sah sie das pockennarbige Gesicht vor sich und die wilde Entschlossenheit, die in seinen Augen flackerte. Doch während er auf sie zukam, veränderte sich seine drohende Miene und wich einem Ausdruck von Mitleid. Sein Sinneswandel kam jedoch zu spät, um die Hand mit dem Messer noch aufzuhalten, das tief in ihre Stirn drang. So kurz vor dem Tode, schloß Wu ihren Bericht, hatte sie an jenem Tage eine geheimnisvolle Schicksalsmacht gerettet. Wei Ku strich mit dem Finger über die Narbe. Ein Zittern ging durch seinen Körper. Dann schloß er die ihm beschiedene Braut in die Arme und zog sie an sein Herz.

Ein gedungener Mörder hatte den Auftrag erhalten, dem Schicksal entgegenzuwirken, indem er das Kind erstach, das die Götter dem Gelehrten zum Weibe bestimmt hatten.

Liebesdeutung

Seit den frühesten Tagen unserer Geschichtsschreibung haben junge Mädchen versucht, durch die Deutung verschiedener Zeichen möglichst viel über ihren künftigen Gatten zu erfahren.

Bestimmte Tages- und Jahreszeiten schienen für die Beschwörung der Geister in Liebesdingen besonders geeignet, zum Beispiel die Stunde um Mitternacht, in deren Stille und Einsamkeit die Grenzen des normalen Alltags zu verschwimmen schienen. Auch an bestimmten Tagen, etwa am Valentinstag, am 1. Mai und am Johannistag, ließen sich solche Voraussagen gut treffen. Ende Januar, am Vorabend des Festes der Heiligen Agnes, der Schutzpatronin der Jungfrauen, die eng mit der Liebe in Verbindung gebracht wird, mischten die Mädchen Mehl, Wasser, Eier und Salz, um einen „stummen Kuchen" zu backen, der in absoluter Stille zubereitet werden mußte. Dieser Kuchen wurde vor dem Zubettgehen gegessen, um Träume vom künftigen Verlobten hervorzurufen.

Die Deutung der Zukunft anhand von Träumen war eine der verbreitetsten Arten der Liebesweissagung. Bei anderen Prophezeiungen wurden magische Dinge aus der Natur, wie Früchte, Vögel und Blumen, herangezogen, um das Bild des Geliebten in einem Spiegel oder ihn sogar in eigener Person erscheinen zu lassen. Wenn ein Mädchen einen bestimmten Jüngling im Auge hatte, konnte es seine Liebesglut auf verschiedene Weise auf die Probe stellen: Wenn man eine Haselnuß auf einen Rost legte und diese dabei Feuer fing, so bedeutete das Leidenschaft. Wenn sie platzte, war das ein sicheres Zeichen für die Treulosigkeit des Geliebten.

Botschaften auf Vogels Schwingen

Ein Mädchen konnte erfahren, welchen Beruf ihr künftiger Mann ausübte, indem es den ersten Vogel beobachtete, den es am Valentinstag sah: Die Amsel mit ihrem düsteren Gefieder wies auf einen Geistlichen hin, das kecke Rotkehlchen auf einen Seemann und der schimmernde Goldfink auf einen reichen Mann. Begrüßte es jedoch ein Specht, würde es niemals heiraten.

Schritte auf dem Weg zur Ehe

Ein zweiblättriges Kleeblatt im rechten Schuh des Mädchens konnte ebenfalls Weissagungen bewirken. Der erste Mann, den das Mädchen zufällig bei einem Ausgang traf, würde entweder der künftige Gatte sein oder den gleichen Namen tragen wie dieser.

Ein Mahl für den Zukünftigen

Ein Mädchen, das am Heiligen Abend schweigend ein Festmahl zubereitete, konnte seinen zukünftigen Ehemann an den häuslichen Herd locken. Nachdem das Mädchen den Tisch reich gedeckt hatte und aus der Küche verschwunden war, versteckte es sich in der Nähe und wartete auf das Geräusch von Schritten. Wenn ein Mann erschien und das Mahl aß, würde er es innerhalb eines Jahres heiraten. Ein solches Spiel mit den Zauberkräften der Liebe im Winter konnte aber auch Unglück bringen. Möglicherweise erblickte die junge Frau aus ihrem Versteck ein Ungeheuer mit brennenden Augen. Dies bedeutete, daß sie dazu verurteilt war, einen Mann zu heiraten, der sie ihr Leben lang unglücklich machen würde.

Ein nächtlicher Gang auf den Friedhof

Dem Friedhof, der Ruhestätte der Toten, wohnte eine verborgene Zauberkraft inne. Wenn ein Mädchen um Mitternacht zwölfmal um die Kirche lief, würde ihm ihr zukünftiger Mann erscheinen. Eine wallisische Magd, die auf diese Weise nach ihrem Geliebten Ausschau hielt, traf dabei ihren Herrn. Da sie ihn für eine reale Erscheinung hielt, erzählte sie ihrer Herrin offen von dem Zusammentreffen. Die ältere Frau erblaßte vor Angst, denn sie glaubte an die Kraft der Magie. Innerhalb eines Jahres starb sie, und die Magd heiratete bald darauf den Witwer.

Duft-Rituale wecken Liebesträume

Eine Rosenblüte, die am Johannistag gepflückt und neben das Kissen eines Mädchens gelegt wurde, ließ durch ihren Duft süße Träume entstehen. Das Gesicht und die Gestalt des zukünftigen Gatten würden die Träumerin im Schlaf erfreuen und sie auch noch nach dem Aufwachen begleiten, so daß sie ihn erkennen könne, wenn sie ihm im wachen Leben begegnen sollte.

Den Gatten in den Spiegel projizieren

Eine Frau konnte ihren künftigen Partner mit Hilfe eines Apfels und eines Kamms im Spiegel erblicken. Zuerst mußte sie Apfelscheiben auf ein Messer aufspießen, sich dann vor den Spiegel stellen und mit der einen Hand ihr Haar kämmen, während sie das Messer mit der anderen Hand über ihrer linken Schulter hielt. Ihr vorbestimmter Gemahl würde dabei sichtbar werden und scheinbar nach der Frucht greifen.

Eine vergessene Liebe

Es gab eine Zeit im alten Indien, als die Götter und Göttinnen die Erde durchstreiften, als sterbliche Männer und Frauen die himmlischen Sphären aufsuchten und menschliche Liebe empfindlich war gegenüber den Einflüssen höherer Mächte. Zauber und Verwünschungen, göttliche Launen und die Bosheit der Dämonen konnten auf die Vereinigungen der Sterblichen einwirken, konnten Liebende zusammenführen oder sie auseinandertreiben.

So wurde die Geschichte von zwei jungen Liebenden erzählt – dem König Duschjanta und der Jungfrau Sakuntala –, deren Leben durch göttliches Eingreifen geprägt wurde. Sakuntalas Vater war ein mächtiger Weiser gewesen, dessen fromme, der Askese abgerungene Taten von den Göttern durch phantastische Gaben belohnt worden waren – den Fähigkeiten, Welten zu erschaffen und Sterne zu entzünden, unsichtbar zu werden und unsterblich zu sein. Aber diese ihm verliehenen Kräfte veränderten den Weisen: Der einst Gottesfürchtige wurde zum Rivalen der Götter. Die Gottheiten suchten daraufhin seinen Aufstieg aufzuhalten, indem sie seine Sinne mit Wollust erfüllten.

Von den Pfeilen des Liebesgottes getroffen und verführt von dem Lächeln einer Nymphe, vergaß sich der alte Mann. Beider Vereinigung entsprang ein Kind. Aus Gründen, die die Chronisten nicht nannten, setzte die Nymphe das neugeborene Mädchen im Wald aus. Vögel schützten es vor den wilden Tieren, indem sie es unter ihren Flügeln bargen und es mit ihren Federn wärmten, bis es von einem alten Eremiten gerettet wurde, der es mit sich nahm und es als seine Tochter aufzog. In einem heiligen Hain, in einer Atmosphäre andächtiger Stille und Harmonie wuchs Sakuntala zu einer Jungfrau von vollendeter körperlicher und geistiger Schönheit heran. Sie verbrachte ihre Tage, indem sie, von ihrem Adoptivvater geleitet, Weisheit erwarb und für die Geschöpfe des Waldes sorgte. Die Flamme des Lebens war heilig: Kein Tier durfte seines Fleisches wegen geschlachtet, kein Insekt seines giftigen Stachels wegen getötet werden. Als Sakuntala fast erwachsen war, unternahm ihr Adoptivvater eine Reise, die ihn zu geistiger Erleuchtung führen sollte. Sakuntala blieb zurück in der friedlichen Welt des Waldes.

An diesen idyllischen Ort gelangte der König Duschjanta, als er einen Hirsch verfolgte. Der Hirsch verschwand im Unterholz, und der König fand sich allein im Wald, dessen dichtes Laubdach sich wie ein Baldachin über ihm wölbte. Eine tiefe Heiterkeit erfüllte sein Herz, als er dem Gesang der Vögel, dem Plätschern eines Baches und dem Murmeln von Stimmen lauschte, die psalmodierend die Namen der Götter anriefen. Duschjanta entledigte sich seiner Waffen und seiner Rüstung und machte sich auf die Suche nach dem Mann, in dessen Heiligtum er unwissentlich eingedrungen war.

Doch statt dem weisen Eremiten begegnete der König drei jungen Mädchen – Sakuntala und ihren beiden Dienerinnen –, die am Bachufer ihre Krüge mit Wasser füllten. Vom Laub verborgen, bewunderte Duschjanta ihre Schönheit. Die vornehmste der drei Jungfrauen sah von ihrer Arbeit auf, und ihre dunklen Augen begegneten den seinen in einem Blick von solcher Aufrichtigkeit und Bescheidenheit, daß der König nicht wußte, wie ihm geschah. Sie schlug die Augen nieder, entbot dem Fremden einen Willkommensgruß und reichte ihm zur Erfrischung die süßesten Früchte.

Die Luft des Hains vermischte sich mit den Gerüchen des Frühlings, dem Staub der Pollen, den Liebesrufen der Vögel und dem verspielten Geschnatter der Affen. Ob der Gott der Liebe selbst anwesend war, als

Tief im Wald beobachtete ein indischer König eine schöne Jungfrau beim Wasserschöpfen an einem Bach. Als beider Blicke sich begegneten, wurde eine Liebe geboren, die ihnen viel Freude und Schmerz brachte.

Duschjanta und Sakuntala in Leidenschaft zueinander entbrannten, haben die Geschichtenerzähler nicht mitgeteilt. Doch sie sprachen davon, daß der König sich mit jedem Wort, das sie sagte, mit jedem Ausdruck, der ihr Gesicht belebte, mehr in sie verliebte. Als er von ihrer wahren Abkunft erfuhr und erkannte, daß sie ihm gleichgestellt war, nahm er zärtlich ihre Hände in die seinen und bat sie, seine Frau zu werden. Indem sie schüchtern seine Liebkosungen erwiderte, gestand Sakuntala, daß auch ihr Herz in Liebe entflammt sei.

Die beiden gelobten einander ewige Treue und schlossen die Ehe. Eine Heirat zwischen so hochgestellten Sterblichen bedurfte nicht des Segens durch einen Priester oder der Einwilligung der Eltern. Die Liebe allein genügte. Indem sie sieben Schritte vorwärts gingen – wobei jeder Schritt eine der sieben Wohltaten der Ehe symbolisierte –, besiegelten Duschjanta und Sakuntala ihr Gelöbnis. Duschjanta legte seine Hand auf ihre Brust und schwor damit, ihr Herz mit dem seinen zu verbinden und mit ihr gemeinsam durchs Leben zu gehen.

Duschjanta blieb einige Tage in der Einsiedelei, bevor seine Pflichten ihn zurück in den Palast riefen. Bevor er sie verließ, gab er Sakuntala seinen Ring. In den Smaragd war das königliche Wappen graviert und wies den Träger des Rings damit als Mitglied der königlichen Familie aus. Duschjanta versprach, sie bald nachkommen zu lassen, und fuhr in seinem Streitwagen davon.

Sakuntala verbrachte die nächsten Tage damit, durch den Hain zu wandern, tief in Gedanken an den Geliebten. Sie setzte sich an den Rand des Baches, wo sie Duschjanta zum erstenmal begegnet war, drehte immer wieder seinen Ring am Finger und seufzte vor Sehnsucht nach ihm. Da erschien ein alter Mann und wartete hinter ihrem Rücken ungeduldig darauf, daß sie sich umwandte und ihm zu essen und zu trinken anbot, wie es jedem Fremden gebührte. Als die Zeit verstrich, ohne daß Sakuntala von ihm Notiz nahm, wurde der Alte ärgerlich, und seine Lippen sprachen einen schrecklichen Fluch aus: Die Person, an die sie dachte, sollte sich ihrer nie mehr erinnern.

Als sie die Stimme des alten Mannes hörte, schreckte sie aus ihren träumerischen Gedanken auf und starrte ihn in panischem Entsetzen an: Er war der Herr der Verwünschungen, vor dessen unheimlicher Macht selbst die Götter zitterten. Mit Tränen in den Augen bat sie ihn, ihr zu vergeben und den Fluch zurückzunehmen, den er ausgesprochen hatte. Er schüttelte den Kopf und erklärte ihr, daß der Fluch mächtiger sei als sein Urheber und nicht aufgehoben werden könne. Aber ihre Reue rührte ihn, und er machte eine Einschränkung – Duschjanta würde sich ihrer erinnern, wenn er den Ring sah. Sakuntala dankte ihm überschwenglich und hieß ihn willkommen.

Als ihr Adoptivvater zurückkehrte, berichtete Sakuntala ihm von ihrer Heirat und von dem Kind, das sich jetzt in ihrem Schoße regte. Der Weise segnete sie und gebot ihr, Duschjanta aufzusuchen.

Duschjantas Palast war voll von Bittstellern und Bettlern, heiligen Männern, deren einziger Besitz ein Lendentuch und eine Schale waren. Doch auch Fürsten hatten sich eingefunden, deren Elefanten Staubwolken aufwirbelten, die sich auf ihre reich mit Juwelen geschmückten Reiter und die im Palasthof versammelte Menge legten. Sakuntala war stolz auf ihren Gatten. Zugleich jedoch fürchtete sie – nur von ihrem Gefolge weltfremder Mönche und einfältiger Dienerinnen begleitet –, keinen Zugang zu ihm zu finden. Sie drängte sich durch die Menge und gelangte schließlich zum Stellvertreter des Königs, den sie um eine Audienz bei Duschjanta bat. Ein Lächeln umspielte die Lippen des Höflings, als er die schöne Frau betrachtete, deren ängstliche Augen und runder Bauch nur zu deutlich die mißliche Lage verrieten, in der sie sich befand. Opfer ihrer eigenen Schwäche und der Verführungskünste irgendeines Mannes, war sie offensichtlich eine der vielen Frauen, die in solchen Angelegenheiten die Hilfe des Königs suchten. Sein Mitleid für sie verwandelte sich in Zorn, als sie schwor, daß sie die Frau des Königs sei und darauf bestehe, von ihm empfangen zu werden. Gerade als der Kammerherr sie zurückweisen wollte, erschien Duschjanta selbst. Er verbeugte sich vor Sakuntala mit der Höflichkeit eines wohlerzogenen Fremden und setzte seinen Weg fort.

Mit einem Schrei der Verzweiflung warf sich Sakuntala ihm zu Füßen und flehte ihn an, sie als seine Frau anzuerkennen. Duschjanta sah sie ungläubig an, als sie ihm Einzelheiten ihrer Heirat und ihrer Ehe ins Gedächtnis zu rufen suchte. Er erkannte sie nicht wieder. Sakuntala erinnerte sich der Verwünschung des alten Mannes und streckte ihre Hand aus, um Duschjanta den Ring mit seinem Wappen zu zeigen.

Entsetzt schrie sie auf: Der Ring war fort. Vielleicht hatte Zauberei ihn entfernt, vielleicht hatte ein Bettler ihn gestohlen, oder er war ihr unbemerkt vom Finger geglitten, als sie unterwegs in einem Waldteich gebadet hatte. Jetzt hatte sie die Liebe des Königs für immer verloren – verloren wie das verhängnisvolle Kleinod. Duschjanta seufzte auf und herrschte seine Höflinge an, die es zugelassen hatten, daß diese Unbekannte ihn belästigte. Dann ging er weiter, verständnislos den Kopf schüttelnd über die plumpe Art, in der manche Frauen seine Bekanntschaft zu machen suchten.

Schluchzend wurde Sakuntala von ihren Dienerinnen fortgeführt. Als sie vor dem Palast stand, überfiel sie ein Gefühl tiefster Verlassenheit. Sie reckte die Arme gegen den Himmel und rief die Götter an, die sie ihr ganzes Leben lang verehrt, beschwor die Mutter, die sie nie gesehen hatte, ihr zu Hilfe zu kommen. Ihre Gebete wurden erhört – Sakuntala verschwand.

Als Duschjanta von dem Vorgang Kunde erhielt, war er überzeugt, daß die Worte der seltsam schönen Frau von Zauberern eingegeben worden waren, und er schätzte sich glücklich, daß er sie nicht beachtet hatte. Noch lange Zeit unter dem Bann der Verwünschung, die der alte Mann im Zorn ausgesprochen hatte, dachte der König viele Jahre nicht mehr an sie.

Seine Erinnerung kehrte zurück, als ihm der verlorene Ring von einem Fischer gebracht wurde, der ihn im Bauch eines Fisches gefunden hatte. Der Anblick des Smaragdes offenbarte ihm sofort die Identität der Frau, die er damals fortgeschickt hatte. Von Entsetzen und Reue erfüllt, befahl er, den Fischer zu belohnen und nach seiner Gemahlin suchen zu lassen. Die Suche war vergeblich, denn Sakuntalas Gebete hatten ihre Mutter zur Rettung der Tochter veranlaßt. Sakuntala und ihr Kind wohnten jetzt in dem himmlischen Palast der Nymphe.

Duschjanta legte das Gewand eines Büßers an; er vernachlässigte seine Pflichten als König; er trauerte um seine Frau. Die Flure des Palastes wurden still; das Gold in den Schatzkammern bedeckte sich mit Staub; das Korn, das als Steuer oder Tribut in die Speicher gebracht worden war, verfaulte; die Pferde des Königs standen müßig in ihren Ställen und wurden fett. Es gab nichts, das sein Interesse wecken oder sein Verlangen reizen konnte.

Duschjanta blieb in seinem Kummer vergraben, bis ein Krieg zwischen den Göttern

und den Dämonen ausbrach. Die Gottheiten riefen alle sterblichen Könige auf, ihnen zu Hilfe zu kommen. Da erwachte Duschjanta aus seiner Lethargie. Er befahl seinen Dienern, ihm seine Waffen und Rüstung zu bringen, und bestieg den Streitwagen, den ihm der Gott Indra geschickt hatte.

In den Schlachten, die folgten, kämpfte Duschjanta Seite an Seite mit den Göttern gegen die Dämonenscharen. Dämonenblut rötete den Himmel, und das Klirren von Stahl klang wider in der Welt der Sterblichen, als der Krieg zwischen den Mächten des Guten und denen des Bösen sich seinem Ende näherte. Erst als der letzte der Dämonen besiegt war, kehrte wieder Friede ein. Im Himmel über den Wolken, jetzt rein gewaschen von Indras Regen, waren die Götter zu sehen, die triumphierend ihre Kriegswagen lenkten.

Duschjanta bestieg Indras Streitwagen, um zurück in sein Königreich zu eilen. Der Wagenlenker – vielleicht auf Anweisung des Gottes selbst – schlug vor, in einem aus Wolken errichteten Palast hoch am Firmament Rast zu machen. Der König betrat einen himmlischen Garten, in dem das fröhliche Lachen eines Kindes erscholl. Unwiderstehlich angezogen von dem Klang, blickte der König bald darauf in ein Gesicht, dessen Züge den seinen glichen.

Erstaunt sah sich Duschjanta in dem Garten um, wohl in der Hoffnung, einen Blick auf die Mutter des Jungen werfen zu können. In diesem Augenblick trat Sakuntala vor, und ihre lange Trennung fand ein Ende. Den Ring, der einst das Zeichen ihrer Liebe gewesen war und ihnen dann zum Verhängnis wurde, legten sie für immer fort. Eine Liebe, die wie die von Duschjanta und Sakuntala unter göttlichem Einfluß stand, bedurfte keines anderen Unterpfandes als des kleinen Jungen, der neben ihnen stand.

Vor der Geburt seines Sohnes von seiner Gattin getrennt, fand der König den Jungen schließlich in dem himmlischen Wolkenpalast einer Nymphe.

Der Fluch der Umarmung

Wer je das Glück hatte, der Liebe zu begegnen, für den war sie ein Quell unerschöpflicher Freude und Seligkeit – aber die Erzähler warnten auch vor zufriedener Selbstgewißheit. Der Weg zum Traualtar war mit Hindernissen gepflastert. Sogar wenn alle Begleitumstände günstig schienen, konnte das Schicksal oder eigenes schuldhaftes Versagen das erwartete glückliche Ende der Geschichte noch verhindern. Dies war die Moral der alten deutschen Sage von Liba und Guntram, einem Paar, dem zunächst, so schien es, die Sonne des Glücks lachte. Dem Brauch ihrer Zeit und ihrem Stand gemäß wurden sie von ihren adligen Eltern, die darauf bedacht waren, ein für beide Seiten vorteilhaftes Bündnis zu schließen, füreinander bestimmt. Vom ersten Augenblick ihrer Begegnung an waren sich die jungen Leute sympathisch, und ihre Liebe wuchs mit jedem Zusammentreffen.

Liba war die Tochter des Herrn auf Falkenburg. Und zu eben dieser Burg, die hoch oben auf einem mit Buchen bewaldeten Hügel über dem Rhein thronte, ritt an einem sonnenvergoldeten Herbsttag der Ritter Guntram zu seiner Verlobungsfeier.

Die übliche Spanne von vierzig Tagen bis zur Hochzeit hätte eigentlich eine Zeit der zarten Liebeswerbung sein sollen, mit Spaziergängen im Garten und geflüsterten Bekenntnissen. Guntram jedoch wurde dringend zurückgerufen, um seinen Lehnsherrn bei einer Mission an den Hof von Neapel zu begleiten. Seine Abwesenheit sollte sechs Monate dauern, so daß die Heirat nicht vor dem Frühjahr stattfinden konnte.

Mit dem gegenseitigen Versprechen ewiger Zuneigung trennten sich die Liebenden. Guntram ließ an seiner Lanze einen Strumpf flattern, den Liba ihm geschenkt hatte, und band eine ihrer Haarlocken in seinen Helm. In Italien wurde Guntrams Leidenschaft für Liba mit jedem Tag stärker. Als seine Aufgabe beendet war, erfüllte ihn die langsame Rückreise mit Ungeduld. Sobald die Begleitmannschaft das Alpenmassiv überquert hatte, erwirkte er die Erlaubnis seines Herrn, schon vorauszureiten; allein konnte er die restliche Wegstrecke viel schneller zurücklegen.

Noch drei Tagesreisen von Falkenburg entfernt, wurde er in der Abenddämmerung von Eisregen überrascht. Ein fahles Licht, nur schwach durch die dichtgedrängten Bäume zu erkennen, verhieß Schutz. Aber als Guntram die Lichtquelle erreichte, fand er nur eine halbzerfallene Burg vor.

Auf sein Klopfen öffnete ein betagter Pförtner das Tor. Er führte den Ritter in eine düstere Halle, murmelte im Namen seines abwesenden Herrn einen Willkommensgruß, stellte ein Abendessen in Aussicht und verschwand. Ein kümmerliches Kaminfeuer war kaum in der Lage, den erschöpften Reisenden zu wärmen. Während er auf seine Mahlzeit wartete, begann er, im Raum umherzuwandern und die altersdunklen Gemälde an den Wänden zu betrachten. Sie stellten nur Heiligenfiguren im Todeskampf und Verkörperungen des Sensenmannes in gräßlichen Gestalten dar.

Am anderen Ende des Raumes verdeckten schwere Vorhänge ein weiteres Bildnis. Guntram schob sie beiseite und enthüllte das Porträt einer wunderschönen Frau, die sonderbarerweise an einem offenen Grab saß. Ihre blaßgrünen Augen schienen ihn überall durch den ganzen Raum zu verfolgen. Da er spürte, daß er ihrem Blick nicht zu entrinnen vermochte, zog er den Vorhang wieder zu.

Der Diener trat mit einem Tablett ein, auf dem Speisen und Getränke standen. Als Guntram gegessen hatte, führte ihn der Bedienstete Korridore voller Spinnweben entlang in ein entferntes Schlafzimmer. Ein durchsichtiger Schleier hing von einem Haken herab, seine einst leuchtenden Farben waren verblichen und staubig, und ein Paar hochhackiger Holzschuhe, zu klein für einen Mann, belehrten Guntram, daß das Schlafgemach einst einer Frau gehört hatte. Obwohl er übermüdet war, konnte er keine Ruhe finden und ging mit großen Schritten auf und ab. Dabei entdeckte er eine Tür, die in einen kleinen, leerstehenden Raum führte. Er hielt ihn für das Ankleidezimmer der Dame. Ein Duft nach Gewürznelken, einem alten Hausmittel gegen Motten, hing in der Luft. Der Geruch war angenehmer als der Modergestank im Schlafzimmer. Daher ließ er die Tür weit offenstehen, als er zu Bett ging.

Er erwachte aus einem traumlosen Schlaf, als eine ferne Glocke Mitternacht schlug. Während er die Augen öffnete, wurde er von einem Lichtstrahl geblendet, der schräg über das Bett mit dem Baldachin fiel. Er stützte sich mit dem Ellbogen auf und spähte in den angrenzenden Raum. Eine Frau stand mitten im Zimmer, und das Licht schien direkt von ihr auszustrahlen. Sie sang sacht im Flüsterton. Das wallende Haar und der intensive Blick, der ihn nicht losließ, kamen ihm bekannt vor – es war die Frau auf dem Porträt. Ihre ausgebreiteten Arme waren eine Verlokkung, aber als er seine Hand ausstreckte und eben die Bettdecke zurückwerfen wollte, erinnerte ihn der Anblick seines Verlobungsringes an Liba. Als er wieder aufsah, war die Fremde verschwunden.

Am nächsten Morgen erfand der Verliebte, der es noch am Tag zuvor so eilig gehabt hatte, immer neue Gründe, um seine Abreise zu verschieben. Seine Sehnsucht nach Liba wurde von dem Verlangen verdrängt, die Unbekannte wiederzusehen.

Den ganzen Tag über suchte er in verfallenen Räumen, in denen Schwalben nisteten, und in Gärten, die Kaninchen und Füchse erobert hatten, unermüdlich nach ihr. Unkraut wucherte um einen Grabstein, der in

Als ein deutscher Ritter in einer halbzerfallenen Burg Schutz suchte, stieß er auf das Porträt einer unbekannten Dame. Ihn befiel eine Vorahnung, daß sie in seinem Leben ungewollt eine schicksalhafte Rolle spielen würde.

Als er sein Heiratsgelöbnis ablegte, spürte Guntram den Griff von Geisterfingern und entdeckte, daß ein anderes, grauenerregendes Gesicht an die Stelle des Antlitzes seiner Braut getreten war.

den Boden der Kapelle eingelassen war, aber die Inschrift war immer noch lesbar – „Bete für mich, aber fürchte meinen Blick". Sie hallte in seinem Kopf wie eine Warnung wider, dennoch setzte er seine Suche fort.

Schließlich brach die Dunkelheit herein. Nach anfänglicher Schlaflosigkeit fiel er in einen unruhigen Schlummer, aus dem er hochschreckte, als es Zwölf schlug. Abermals strömte Licht aus dem benachbarten Zimmer; wiederum stand diese Gestalt in der Mitte des Raumes. Guntram erhob sich von seinem Lager, und sie winkte ihn erneut mit einer einladenden Geste zu sich heran. Diesmal eilte Guntram geradewegs in ihre Arme und umschlang sie. Nach einer Weile zog sie einen schweren Goldring vom Finger und steckte ihn an seine Hand. Im selben Augenblick war sie auch schon verschwunden.

Früh am nächsten Morgen verließ Guntram verwirrt und beschämt die Burg. Als er den Berg hinunterhastete, begegnete er einem Bauern, der sich mühsam die Anhöhe hocharbeitete. Er hielt an und fragte ihn, warum der Ort so vernachlässigt sei. Der Bauer berichtete ihm die Geschichte der Dame, die dort vor langer Zeit gelebt hatte. Schön und kokett, wie sie war, hatte Etelinda viele Bewerber angezogen. Aber sie stellte so unerfüllbare Ansprüche, daß keiner geblieben war, um sie zu heiraten – bis einer erschien und erklärte, er würde alles für sie tun, wenn sie ihm nur ihre Liebe schenke.

Mit einem grausamen Lächeln forderte sie ihn auf, sich in der Walpurgisnacht ohne Waffen an einem Kreuzweg aufzustellen – eine Zeit, da kluge Menschen lieber zu Hause blieben, denn dann pflegten sich die Hexen zum Sabbat zu versammeln.

Am nächsten Morgen fand man auf den Landstraßen verstreut die blutigen Gebeine des Jünglings. Einige behaupteten, er sei das Opfer von Wölfen geworden, aber seine gramgebeugte Mutter wußte, daß es das Werk von Hexen war, und sie verfluchte Etelinda. Das Mädchen erkrankte und starb neun Tage später in Todespein. Die Leute flüsterten, daß ihr Geist keine Ruhe fände, bis sie einen Mann traf, der ihrem Blick widerstehen konnte. Aber jeder, der ihrer Umarmung erlag, war dem Untergang geweiht.

Über diese Worte entsetzt, trieb Guntram sein Pferd vorwärts auf dem Weg nach Falkenburg. Er langte in einem Zustand tiefster Verzweiflung dort an. Aber bei Libas herzlicher Begrüßung begann der Ritter zu glauben, daß wahre Liebe den bösen Einfluß bannen könne. Der Ring an seinem Finger war unsichtbar geworden, obwohl er beständig dessen Gewicht zu fühlen vermeinte.

Zwei Wochen später versammelten sich die Gäste zur Hochzeitsfeier. Von Bratschen- und Flötenmusik begleitet, begab sich der Hochzeitszug zur Kirche. In dem Augenblick jedoch, in dem sich das Brautpaar ewige Treue gelobte, geschah etwas so Schreckliches, daß niemand es geglaubt hätte, wenn nicht Priester und Gläubige sich als Zeugen verbürgt hätten. Als Guntram die Worte sprach, die ihn für immer mit seiner Braut verbinden sollten, blickte er auf ihre Hand hinunter und entdeckte, daß diese Hand, die er in der seinen hielt, nicht Liba gehörte. Die kalten Finger eines Gespenstes hielten seine umklammert. Und in dem ihm emporgewandten Gesicht glänzten Etelindas berechnende grüne Augen statt der aufrichtigen blauen Libas.

Die Erscheinung, die von allen Anwesenden wahrgenommen wurde, dauerte nur Sekunden. Dann stand wieder Liba an seiner Seite. Aber Guntram sollte es nie mehr erfahren, denn beim Anblick und der kalten Berührung der Geisterbraut war er in Fieberwahn verfallen. Neun Tage später folgte er ihr in die Welt jenseits des Grabes.

Die Erfüllung eines Liebestraums

Im innersten Hof eines arabischen Palastes, in dem viele Brunnen rauschten, um spionierende Ohren zu täuschen, ging ein König schlaflos auf und ab. Politische Fragen ließen ihn nicht zur Ruhe kommen, und so befahl er eine seiner Frauen zu sich, eine gewandte Erzählerin, die ihn mit ihrer Kunst ablenken sollte.

Um die Dämonen der Dunkelheit zu vertreiben, ersann sie eine Geschichte von Liebe und Magie, die so märchenhaft war, daß ihr gelang, was der Konkubine ein Leben lang verwehrt blieb: Sie drang durch die sieben bewachten Tore des Harems hinaus in die Welt. Mit der Zeit hörte man sie in allen Suks und Häfen des Orients. Dabei ging es darin äußerst unglaubhaft und absurd zu. Es war die Chronik zweier Liebender, die sich nie getroffen hätten, wäre es nicht einem übermütigen Dämonenpaar eingefallen, mit Menschen zu spielen.

Die Geschichte begann in einem Reich tief im Herzen Asiens. Ärgerliche Worte hallten über die Steppe – die Stimme eines königlichen Vaters, der seinen Sohn schalt. Prinz Camaralzaman, so herrschte der aufgebrachte König ihn an, sei eine Beleidigung des Himmels, weil er sich weigere, die Aufgabe zu erfüllen, für die er geboren sei: zu heiraten und dem Land einen Erben zu geben. Wie oft hatten Karawanen, die über die Seiden- und Gewürzstraße herangezogen kamen, standesgemäße Bewerberinnen gebracht, ohne daß er sie auch nur eines Blickes würdigte. Umsonst hatte man Tänzerinnen bestellt und Sklavinnen gekauft, um das Feuer seiner Lenden zu entfachen. Immer waren ihm seine Laute und seine Gedichtbände das Liebste gewesen.

Nachdem alle Überredungsversuche sich als vergeblich erwiesen hatten, nahm der König seine Zuflucht zu Drohungen und schließlich zu Strafen. Er verbannte Camaralzaman aus seinen Augen und ließ ihn in eine verfallene Stadt in der Ebene bringen; dort, wo einst ein vergessenes Volk untergegangen war, wurde der Prinz in eine Turmruine eingemauert. Der verzweifelte König hoffte, daß die nächtliche Kälte, das Krächzen der Raben und die Gaukelspiele von Geistern seinen verstockten Sohn endlich zur Vernunft bringen würden.

Unsichtbare Wesen bewogen eine Prinzessin, die der Liebe entsagt hatte, sich in einen Fremden zu verlieben.

Niemand durfte den Prinzen in seinem Turm besuchen; das Essen wurde ihm täglich in einem Korb hinaufgereicht. Doch wenn Camaralzaman litt, so ließ er es sich nicht anmerken. Da man ihm seine Laute genommen hatte, sang er, da er auf seine Bücher verzichten mußte, dichtete er eigene Verse. Aber in einem Punkt hatte sein Vater sich nicht getäuscht: In dem Turm ging es tatsächlich nicht mit rechten Dingen zu. Es war allgemein bekannt, daß die Dämonen des Landes verlassene Bauten und einsame Gegenden bevorzugten. Diese *dschinn* mochten auf dem Rücken des Windes in ferne Winkel der Erde reiten, um einander zu besuchen, aber sie kehrten immer wieder an den Ort zurück, den sie als ihre Heimat betrachteten.

Der *dschinn* des Turms empfand einen gewissen Stolz, einen so hochgeborenen Gefangenen zu beherbergen, und rühmte vor anderen Angehörigen seiner Spezies die Gaben und Vorzüge des Prinzen. Das hörte einer der weiblichen Dämonen, die man *ifrit* nannte. Sie behauptete, eine sterbliche Frau zu kennen, die Camaralzaman an Schönheit gleichkäme, wenn nicht gar überträfe. Die so gepriesene Frau war eine chinesische Prinzessin namens Badoura, die, wie Camaralzaman, ihren Vater dadurch erzürnt hatte, daß sie sich weigerte zu heiraten. Auch sie wurde gefangengehalten, und zwar in einem ungenutzten Flügel des väterlichen Palastes. Die Geister beschlossen, die Probe aufs Exempel zu machen, indem sie die beiden Sterblichen zusammenbrachten und sie Seite an Seite miteinander verglichen.

Die *dschinn* waren Beherrscher der Lüfte, Meister der gedankenschnellen Bewegung von Ort zu Ort. Die unzähligen Meilen, die Camaralzamans Heimat von China trennten, überwanden sie im Nu. In der Tiefe der Nacht, als ihre Macht am größten war, brachte die *ifrit* die schlafende Prinzessin Badoura an den Ort, an dem Prinz Camaralzaman ruhte.

Nacheinander wurden sie von ihren unsichtbaren Gebietern aufgeweckt. Badoura, die als erste erwachte, betrachtete den Fremden, der ihr wie ein Zwilling glich, mit Erstaunen. Sie streckte die Hand aus, um mit dem Finger die Linie seiner Wangen, den Schwung seiner Lippen nachzuzeichnen. Doch bevor sie ihn mit ihrer zarten Berührung ins Bewußtsein rufen konnte, ließen die *dschinn* sie wieder in tiefen Schlaf versinken.

Als Camaralzaman an die Reihe kam und die Schöne, die neben ihm lag, entdeckte, entbrannte sein Herz in Liebe zu ihr. Noch nie, rief er laut aus, habe er einen so süßen Traum geträumt. Und um eine Erinnerung an das überwältigende Glück, das er erfahren hatte, mit in die freudlose Welt zu nehmen, die ihn nach dem Erwachen erwartete, streifte er der Unbekannten einen kostbaren Ring vom Finger und ersetzte ihn durch einen seiner eigenen. Dann wurde auch er wieder in Schlaf versenkt und Badoura unbemerkt nach China zurückgebracht.

Der Dschinn und die Ifrit – ein weiblicher Dämon – stritten sich über die Vorzüge ihrer Schützlinge.

Am nächsten Morgen wachten Badoura und Camaralzaman auf, jeder allein an seinem Ort der Verbannung. Der Prinz rief nach seinem Diener und begehrte von ihm zu wissen, wer seine wunderschöne Besucherin gewesen und woher sie gekommen sei. Der verwirrte Mann leugnete jegliche Kenntnis von der Frau und schwor, die ganze Nacht vor der Tür Wache gehalten zu haben. Niemand sei gekommen.

Camaralzaman geriet in unbändigen Zorn. Er packte den zitternden Mann an den Haaren, drohte, ihn auf der Stelle zu töten, wenn er ihm nicht die Wahrheit sage. Der Diener riß sich los und stürzte voller Panik zum Palast des Königs, um diesem von der Wende im Befinden des Prinzen zu berichten und seiner Befürchtung Ausdruck zu geben, daß die Gefangenschaft seinen Herrn um den Verstand gebracht habe.

Der König war tief erschüttert von dieser Nachricht und eilte zum Turm, um selbst mit seinem Sohn zu sprechen. Camaralzaman, der annahm, daß sein Vater ihm die schöne Frau zugeführt hatte – wie dies schon öfter geschehen war –, bestürmte ihn mit dem Geständnis seiner Liebe zu ihr. Er zeigte dem König den fremdartigen Ring, der aufs feinste graviert und kunstvoll mit unbekannten Symbolen verziert war.

Beunruhigt schwor der König, von dem Mädchen nichts zu wissen. Es schmerzte ihn zu sehen, welchen Kummer sein Verschwinden dem Sohn bereitete. So ordnete er die Freilassung des jungen Mannes an und nahm ihn mit in den Palast zurück. Camaralzaman jedoch stürzte in tiefe Verzweiflung.

Seiner Geliebten im fernen China erging es ähnlich. Weder der König noch seine Berater mochten sich durch den Ring an Badouras Finger überzeugen lassen. Daß das Mädchen verrückt sei, hatten sie schon lange befürchtet; warum sonst sollte sie sich weigern zu heiraten? Jetzt, da sie von einem schönen Fremden redete, sahen sie sich in ihren Befürchtungen bestätigt. Die Ärzte des Hofes versuchten es mit Abführmitteln, Pulvern und Akupunktur, aber alle Kunst konnte ihr nicht helfen. Der Wahn blieb, und so schloß man Badoura erneut in ihren Gemächern ein. Der König verkündete, er werde sie dem ersten Manne zur Frau geben, der sie von ihrer Krankheit heile.

Nur einer der Palastärzte glaubte die Geschichte der Prinzessin. Es war Marzawan, der Sohn von Badouras Amme, den seine Gelehrsamkeit weit über den Stand erhoben hatte, in den er geboren war. Er und Badoura, mit der Milch derselben Mutter aufgezogen, liebten sich wie Bruder und Schwester. Bei einem heimlichen Gespräch mit seiner Patientin betrachtete er den Ring, den sie am Finger trug, genauer. Er erkenne die Zeichen als Insignien eines Herrscherhauses im fernen Westen, sagte er und versprach, daß sich alles zum Besten wenden würde. Dann verließ er den Palast, in der Tasche ein Miniatur-Bildnis der Prinzessin.

Als Badoura ihre Liebe zu dem fremdländischen Prinzen gestand, erklärte ihr Vater sie für geistesgestört.

Monatelang blieb jede Nachricht von ihm aus. Dann aber hörte Badoura von ihren Dienerinnen, daß Marzawan an den Hof zurückgekehrt sei. In seiner Begleitung befand sich ein Fremder, der wie ein Astrologe gekleidet war. Es handele sich, so sagte Marzawan, um einen Weisen aus dem Westen, einen in allen Geheimkünsten Indiens und Ägyptens erfahrenen Mann. Er allein kenne das Mittel, das Badoura helfen könne.

Als der Gelehrte die Kammer der Prinzessin betrat, schrie sie auf, denn vor ihr stand der Jüngling, den sie im Traum gesehen hatte. Wie Badoura hatte auch er in Umnachtung gelebt und erst in die Wirklichkeit zurückgefunden, als der chinesische Arzt mit Badouras Bildnis eintraf. Daraufhin hatte er dem Gelehrten befohlen, ihn sofort zu dem Mädchen zu führen.

Die wiedervereinten Liebenden zogen sich viele Stunden allein zurück. Welche Liebkosungen, Versprechungen, Fragen und Zärtlichkeiten zwischen ihnen ausgetauscht wurden, verschwiegen die Erzähler, doch schließlich trat das Paar vor den König, um ihn kniefällig zu bitten, sein Versprechen einzulösen und Badoura mit dem Manne zu vermählen, der sie geheilt hatte. In aller Eile wurde Hochzeit gefeiert, und der König war froh, seine schwierige Tochter in das Land ihres Gemahls aufbrechen zu sehen.

Die Nächte ihrer Hochzeitsreise verbrachten sie in einem seidenen Zelt, das mal auf einer blumigen Wiese, mal unter Palmen am Flußufer aufgeschlagen wurde. Das Paar hatte es nicht eilig, ans Ziel zu kommen, sondern genoß die Freuden des Alleinseins. Eines Morgens, als sie auf halber Strecke zwischen ihren beiden Reichen lagerten, kniete Camaralzaman neben Badoura, um sie zärtlich zu streicheln, während sie schlief. Als seine Hand zwischen ihre seidenen Gewänder glitt, fand er etwas, das er nie zuvor bemerkt hatte – ein Amulett aus Chalzedon, in das geheime Zeichen eingeritzt waren. Neugierig löste er den Knoten des Bandes, an dem das Schmuckstück hing, und trat mit ihm ins Freie, um es genauer zu besehen.

Was dann geschah, war so sonderbar, daß es sich wiederum um eine Einmischung des *dschinn* gehandelt haben muß, der die beiden zusammengeführt hatte. Ein Vogel – kein gewöhnlicher Vogel, denn seine Augen glühten rot wie Leuchtfeuer – stieß herab und riß Camaralzaman das Amulett aus den Händen. Der Prinz kannte die Bedeutung des Gegenstandes nicht, aber er ahnte, daß er für Badoura wichtig war. Vielleicht handelte es sich bei der Inschrift ja um eine von einem Priester ihres Landes ersonnene Zauberformel, die sie vor Unheil schützen sollte. Da er fürchtete, daß seine junge Frau über den Verlust des Talismans untröstlich sein würde, machte er sich auf, um den gefiederten Dieb zu verfolgen.

Als Badoura erwachte, vermißte sie sowohl ihren Gemahl wie auch ihr Amulett. Seine Kleider und übrige Habe waren alles,

Der zauberkundige Gelehrte, der Badoura heilen wollte, erwies sich als ihr geheimnisvoller Geliebter.

was ihr vom ihm geblieben war. Ein Glas eisgekühlter Fruchtsaft, halb getrunken, stand, wie er es von den Lippen abgesetzt hatte. Ein Buch mit Liebesgedichten lag aufgeschlagen auf dem Kissen. Nichts deutete darauf hin, daß Camaralzaman sie freiwillig verlassen hatte, doch als der Tag verging, verlor Badoura alle Hoffnung, ihren Gemahl, das Amulett oder eine Erklärung für beider Verschwinden zu finden.

Badoura legte die Gewänder an, die Camaralzaman achtlos beiseite geworfen hatte; auch eine Prinzessin war in dieser unbekannten Wildnis so verletzbar wie jede andere Frau ohne Begleitung. In den Falten ihrer Kleider verbarg sie die Juwelen, die sie als Mitgift erhalten hatte. Dann machte sie sich auf den Weg, der zur Küste führte. Jeden Menschen, den sie traf, fragte sie nach Camaralzaman, aber niemand hatte ihn gesehen.

Um zu erfahren, wie weit sie von zu Hause entfernt war, mußte sie sich in einer Welt ohne Karten auf die Auskünfte anderer verlassen. Niemand, den sie ansprach, kannte den Namen von Camaralzamans Reich, und obwohl einige schon einmal von ihrer eigenen Heimat China gehört hatten, zuckten alle ratlos mit den Achseln, wenn sie nach dem Weg dorthin fragte. Doch sie gab nicht auf, und zuletzt erfuhr sie von einem Handelsschiff, das, unterwegs zu einer Insel, deren Namen sie kannte, in einem nahen Hafen ankerte. Von der Ebenholzinsel stammten die schwarzen, geschnitzten Teller im Thronsaal ihres Vaters. Von da gab es also einen Handelsweg, auf dem sie ihre Heimat erreichen konnte. Sie mußte nur noch auf diese Insel gelangen.

Badoura bezahlte die Passage zur Ebenholzinsel mit einer Handvoll Saphire. Sicher angekommen, gab sie sich, da sie immer noch Männerkleidung trug, als chinesischen Prinzen aus. Der Sultan der Insel bot dem edlen Besucher seine Gastfreundschaft an. Das wohlerzogene Auftreten des Jünglings – und seine vornehme Abstammung – nahmen ihn so gefangen, daß er ihm die Hand seiner einzigen Tochter anbot. Da keine Aussicht bestand, daß vor Jahresfrist oder später ein Schiff nach China ablegte, wog Badoura, die sich inzwischen mit dem fraglichen Mädchen angefreundet hatte, schnell das Für und Wider ab. Dann faßte sie sich ein Herz und nahm das Angebot an.

In der Hochzeitsnacht konnte Badouras Geheimnis natürlich nicht lange verborgen bleiben. Doch wie sie es erwartet hatte, reagierte die Braut nicht entsetzt oder empört, sondern brach in helles Gelächter aus und verschwor sich sogleich mit ihr, die Maskerade aufrechtzuerhalten. Badoura und die Prinzessin hatten so viel Spaß miteinander, daß sie kaum bemerkten, wie die Zeit verging. Als das nächste Schiff mit einer Ladung Ebenholz nach China ablegte, war Badoura nicht an Bord.

Der Sultan hatte es vorgezogen, auf den Thron zu verzichten und den Rest seines Le-

Während Badoura schlief, entdeckte ihr Gemahl einen Talisman, den sie versteckt unter den Gewändern trug.

bens in Andacht und Meditation zu verbringen. Wie es von jeher der Brauch war, trat der Gemahl seiner Tochter die Nachfolge an. Badoura regierte das Reich mit Klugheit und Menschlichkeit, und sie fand Gefallen an der Macht. Es reizte sie wenig, an den Hof ihres Vaters zurückzukehren und sich bis zu ihrem Lebensende mit der langweiligen Rolle der verlassenen Ehefrau Camaralzamans zufrieden zu geben.

Eines Tages sprach ein Kaufmann im Palast vor, der ein Geschenk für den neuen Sultan und seine Prinzessin brachte: einen Krug, gefüllt mit reifen, goldgelben Oliven aus einem Dorf auf dem Festland, das für die Güte seiner Früchte bekannt war. Badoura steckte die Hand in das Gefäß, um sich von der Qualität der Oliven zu überzeugen. Plötzlich zog sie die Stirn kraus, griff noch tiefer hinein und zog einen kleinen Gegenstand hervor, der sich zwischen den Früchten verborgen hatte. Er war fleckig und ölig vom Saft der zerdrückten Oliven, aber sie erkannte ihn dennoch sogleich: Es war der Talisman, der zusammen mit Camaralzaman so plötzlich verschwunden war.

Badoura sprang erregt auf, packte den Kaufmann am Kragen und schüttelte ihn. Sie verlangte zu erfahren, woher die Oliven kamen. Er nannte den Namen des Dorfs, und sie schlug ihn einmal; er nannte den Namen des Hains, aus dem die Oliven stammten, und sie schlug ihn ein zweites Mal; er nannte den Namen des Bauern, der ihm den Krug gegeben hatte, und sie ließ ihn los. Sie befahl dem Kaufmann, auf der Stelle zu dem Olivenhain zurückzukehren. Der Bauer sei ein Dieb, vielleicht sogar ein Mörder; er müsse gefangengenommen, in Ketten gelegt und zu ihr gebracht werden. Die Woche war noch nicht vergangen, da legte das Schiff wieder an der Ebenholzinsel an.

Badoura hatte einen Kerker einrichten und mit Folterwerkzeugen ausstatten lassen, um den Gefangenen zu verhören und das Schicksal Camaralzamans zu erfahren. Doch als ihr der vermeintliche Verbrecher zugeführt wurde, schrie sie vor Überraschung auf und ordnete an, ihn loszubinden.

Vor ihr stand Camaralzaman, von der Sonne gebräunt und mit Schwielen an den Händen, aber sonst unverändert. Badoura befahl, sie allein zu lassen. Dann offenbarte sie Camaralzaman, daß auch sie nicht war, was sie zu sein schien. Es dauerte Stunden, bis der Prinz seinen Bericht über die Erlebnisse und Irrwege, die hinter ihm lagen, beendet hatte. Wenn er zuvor noch daran gezweifelt hatte, daß ein *dschinn* oder ein anderer zwielichtiger Geist seine Beziehung zu Badoura eingefädelt hatte, so war er jetzt davon überzeugt. Die Ereignisse, die ihn von ihr getrennt, und jene, die sie wieder zusammengeführt hatten, spotteten jeglicher Glaubwürdigkeit und erklärenden Vernunft. Er erzählte, wie er dem Vogel, der den Talisman gestohlen hatte, nachgeeilt und von ihm in eine weglose Wildnis gelockt worden war.

Auf Befehl des Sultans gingen Seeleute an Land, um den vermeintlichen Dieb des Amuletts festzunehmen.

Nach Wochen des Umherirrens, in denen er sich von dem ernährte, was er erjagen oder sammeln konnte, gelangte er schließlich zu einer Siedlung. Von dort fand er den Weg zur Küste. Ein alter Bauer, Besitzer eines Olivenhains, hatte ihn aufgenommen, ihm Unterkunft und Verpflegung angeboten, wenn er für ihn arbeite.

Im Olivenhain hatte der an ein bequemes Leben gewöhnte Prinz gelernt, hart zu arbeiten und stolz auf das Werk seiner Hände zu sein. Eines Tages, als er nach den Bäumen sah, hörte er Flügelschlagen über sich, und ein glänzender Gegenstand traf seine Stirn – ein bearbeitetes Stück Chalzedon, das dem vorüberfliegenden Vogel aus dem Schnabel gefallen war. Camaralzaman erkannte ihn als Badouras Amulett und wußte sofort, daß er noch immer ein Spielball in den Händen unsichtbarer Mächte war. Er befestigte das Schmuckstück an einem Band, legte es sich um den Hals und schöpfte neue Hoffnung.

Eines Tages war ein Handelsschiff in den kleinen Hafen eingelaufen, und Camaralzaman hoffte, es werde ihn in sein Vaterland zurückbringen. Aber das Schiff fuhr zur Ebenholzinsel. Der Kapitän kam, um goldgelbe Oliven als Geschenk für den neuen Sultan der Insel und seine Gemahlin zu kaufen. Camaralzaman stieg in die höchsten Äste der Bäume, reckte und streckte sich, um die schönsten Früchte zu ernten. Erst als das Schiff abgelegt hatte, bemerkte der Prinz den Verlust von Badouras Talisman. Tagelang suchte er den Olivenhain verzweifelt nach dem Juwel ab, aber vergebens. Als das Schiff zurückkam und die Mannschaft ihn in Ketten legte, widersetzte er sich nicht. Er fragte nicht, warum die Männer ihn festnahmen, und es war ihm auch gleichgültig. Bis zu diesem Augenblick, in dem er, aller Wahrscheinlichkeit zum Trotz, seiner Geliebten wieder gegenüberstand, hatte das Leben jeglichen Sinn für ihn verloren.

Badoura, die in den Jahren ihrer Herrschaft gelernt hatte, schnelle Entscheidungen zu treffen, machte einen Vorschlag. So sehr sie sich freute, ihren Gemahl wiederzusehen, so hatte sie doch nicht die Absicht, die Ebenholzinsel und die Prinzessin zu verlassen. Es gebe, so sagte sie, in ihrem Reich kein Gesetz, das es einem Manne verbot, mehr als eine Frau zu haben. Wenn Camaralzaman also die Prinzessin zu seiner zweiten Ehefrau nehme, so wolle sie ihre männliche Verkleidung ablegen, und sie könnten alle drei die Insel zusammen regieren. Badoura hatte keinen Zweifel, daß es eine glückliche, harmonische Regentschaft werden würde.

Es geschah, wie sie gesagt hatte. Noch nie in ihrer tausendjährigen Geschichte hatte die Ebenholzinsel ein so prunkvolles Fest erlebt, wie es aus Anlaß der Hochzeit und Krönung Camaralzamans gefeiert wurde, und noch lange sprach man von dem langen Hochzeitszug, den heiligen Elefanten und den goldgelben Oliven, die bei der Vermählung verzehrt wurden.

Die zweite Vermählung der Prinzessin der Ebenholzinsel wurde mit großer Pracht gefeiert.

·2·

·2·

Zerstörerische Leidenschaften

Selbst glückliche Paare konnten die Macht der Liebe in ihrer Heftigkeit als furchterregend empfinden; wahrhaft Entsetzliches aber widerfuhr dem, dessen Liebe unter einem unglücklichen Stern stand. Wie es keine größere Verzückung gab als die eines Liebenden, dem Erfüllung zuteil wurde, so gab es kein schrecklicheres Schicksal als das derer, denen unüberwindliche Hindernisse eine solche Erfüllung versagten.

Bisweilen waren die Feinde ihres Glücks Götter, die ein boshaftes Vergnügen daran fanden, verliebten Sterblichen Fallen und Schlingen in den Weg zu legen. Häufiger jedoch waren die Urheber des Verderbens Menschen, die sogar zu den engsten Verwandten der Opfer zählten: Mütter, Väter, Brüder. Dies war der Fall, wenn die Liebenden unfreiwillig gegen eines der ungeschriebenen Gesetze verstießen, nach denen die Wahl eines Partners zu erfolgen hatte, wenn sie das Netz von Einschränkungen und Tabus zerrissen, das die Menschen in dem vergeblichen Bemühen geknüpft hatten, die heftigen Regungen des Verlangens unter Kontrolle zu bringen. Widerstand konnte sogar anspornend wirken; das Verbotene war immer besonders verlockend, und gerade, wer durch gesellschaftliche Konventionen oder elterlichen Einspruch als Partner unwillkommen war, wurde oft zum Gegenstand heimlichen Begehrens.

Wenn das geschah, ließ das Verhängnis nicht lange auf sich warten. Der Weg zur Erfüllung war für immer versperrt. Die unglückseligen Geschöpfe, die mit dem Schicksal in Konflikt geraten waren, wurden immer dunklere, von Verzweiflung und Kummer überschattete Pfade hinabgetrieben, an deren Ende Wahnsinn oder Selbstmord standen.

Das Vermächtnis des aztekischen Liebespaares

In einem längst vergangenen Jahrhundert blühte, unter einer jüngeren Sonne, in einem ausgetrockneten Tal Mexikos die große aztekische Stadt Tenochtitlan. Hier residierte ein alter Herrscher, dessen Macht absolut war. Gesetze wurden erlassen oder aufgehoben, wie es ihn gutdünkte, und jeder, der sich ihm widersetzte, wurde unerbittlich und auf grausame Weise hingerichtet.

Von einer der härtesten Entscheidungen des alten Mannes war sein eigenes Kind betroffen. Er hatte eine Tochter namens Ixtaccihuatl – Ixtla, wie ihre Freunde sie nannten –, deren rabenschwarzes Haar und dunkle, unergründliche Augen das Herz jedes jungen Kriegers höher schlagen ließ. Doch ihr Vater hatte bestimmt, daß sie nicht heiraten dürfe. Der Grund dafür war einfach: In einer langen Regierungszeit hatte er gelernt, jedem zu mißtrauen und niemandem etwas von seiner Macht abzutreten. Ein Schwiegersohn, so dachte der alte Herrscher, würde jedoch an dieser Macht teilhaben wollen, und er war nicht bereit, seine Prinzipien um des Glücks seiner Tochter willen aufzugeben.

Von allen Kriegern des Herrschers hatte nur einer die Kühnheit, den Zorn seines Herrn herauszufordern und sich in das Mädchen zu verlieben. Sein Name war Popocatepetl. Er war ein Jaguar-Ritter – ein Soldat der königlichen Leibwache. Das Ozelotfell, das er als Uniform trug, wies ihn bei Hof als Angehörigen einer Elite aus. Aber immer, wenn Ixtla im Palast erschien, den Arm des Vaters

Ein aztekischer Herrscher versprach dem Sieger über seine Feinde die Hand seiner Tochter.

auf ihrer Schulter, konnte Popocatepetl nur von ihr träumen.

Es geschah eines Sommers, als die Hitze die rote Erde des Tals hart wie Stein brannte, daß der Herrscher erkrankte. Dies war der Augenblick, auf den die vielen Feinde des Reichs lange gewartet hatten.

Wie beutelüsterne Geier stürmten sie die Berge hinunter, an deren Abhängen Tenochtitlan lag, und sammelten sich, nach Blut schreiend, rund um die Stadtmauern. Die Krieger drängten sich in den Palast, um die Befehle ihres Herrschers entgegenzunehmen. Schließlich erschien der alte Mann und verkündete, was er – verzweifelt angesichts der feindlichen Übermacht – beschlossen hatte. Jeder Soldat, erklärte er, müsse sich tief vom Geist Tezcatlipocas, des alten Kriegsgottes, beseelen lassen; und der Krieger, der sich am tapfersten in der Schlacht erweise, würde reich belohnt werden. Er würde die Hand Ixtlas, der Thronerbin des aztekischen Reiches, gewinnen.

Jeder Krieger, beseelt von dem Gedanken an die Prinzessin, kämpfte tapfer.
Aber ihr Führer Popocatepetl, der kühnste aller Soldaten, liebte sie wirklich.

Erstauntes Murmeln folgte der Ankündigung; dann, ganz plötzlich, war der Palasthof ein einziges Durcheinander sich gegenseitig rempelnder Körper. Es hatte einer schrecklichen Krise bedurft, um die Entscheidung des Herrschers umzustoßen – aber jetzt war Ixtla nicht mehr unerreichbar, jetzt war der Weg, sie zu gewinnen, klar vorgezeichnet. Die Männer rannten in ihre Häuser, stießen bereits den markerschütternden aztekischen Kriegsschrei aus und legten in fieberhafter Eile Federn, Schellen, Arm- und Fußbänder an – die Kampfausstattung.

Nur Popocatepetl blieb, wo er war. Gebannt beobachtete er, wie Ixtla ihren Vater stützte auf seinem Gang den langen Flur hinunter zu seinem Schlafzimmer. Schließlich, fast am Ende des Korridors, wandte sie sich um und blickte ihn an. Er glaubte, ein Aufleuchten von Liebe in ihren Augen zu sehen. Dann war sie fort. Mit jagendem Puls verließ der junge Krieger den Palasthof und erstieg eine hohe Befestigungsmauer. Durch den Augenschlitz in seinem Helm sah er hinunter auf die Feinde und schwor sich zu kämpfen wie noch nie zuvor. Dann zog er seine aus Obsidian gefertigte Machete, die blank war wie poliertes Glas, und schritt hinunter, um sich dem Feind zu stellen.

Die Grausamkeiten, die an jenem Tage begangen wurden, aber auch die tollkühnen Heldentaten einiger Krieger boten den Erzählern der Azteken lange Zeit Stoff für ihre Ritualgeschichten. Das Blut floß aus so vielen Wunden, daß es unter die Stadttore sickerte und bis auf den Marktplatz drang. Wie es Brauch war, wandten sich die Frauen wehklagend an die Götter, baten sie, ihre Männer zu beschützen, und streuten sich Asche aufs Haupt, die ihre Tränen schwärzte. Und Ixtla, in den innersten Gemächern des Palastes, betete am inbrünstigsten.

Schließlich verebbte der Lärm der Schlacht und hörte dann ganz auf. Das Klagen der Frauen verstummte; sie warteten an-

gespannt. Dann klopfte es am Tor, und eine kleine Gruppe aztekischer Soldaten trat ein. Der Herrscher selbst, gestützt von Ixtla, taumelte in die Nacht, um sie zu empfangen. Wie die Schlacht ausgegangen sei, verlangte er zu wissen. Ein großartiger Sieg, antworteten sie – der Feind sei vernichtet. Und welchem Krieger dieser Triumph zu verdanken sei, drängte der Herrscher. Popocatepetl, dem Jaguar-Ritter, entgegneten die Soldaten. Er stand immer in der vordersten Linie, er war stets dort zu finden, wo der Kampf am heißesten entbrannte, seine Machete schnitt eine blutige Schneise in die Reihen des Feindes. Er war es, der seine Kameraden angefeuert, der ihnen den Weg zum Sieg gewiesen hatte. Wie tragisch, ergänzten einige Krieger, daß gerade er auf so schreckliche Weise um-

Zu Ehren seiner toten Geliebten ließ Popocatepetl eine Pyramide errichten.
Mit einer brennenden Fackel bestieg er die zweite mächtige Pyramide
und wurde eins mit dem Fels – ein nie verlöschender Vulkan.

gekommen war: Die Feinde, in einem letzten, verzweifelten Angriff, hatten Popocatepetl eingeschlossen, sich wie räudige Hunde, die einen Löwen hetzten, auf ihn gestürzt und seinen Körper zerfleischt.

Niemand in der Stadt konnte es wissen, aber die Soldaten logen. Popocatepetl war verwundet worden, nicht getötet. Während sie sprachen, kehrten seine Kräfte wieder. Er hatte seine Wunden verbunden und sich fürsorglich entschlossen, die erschöpften Soldaten, deren Führer er war, erst einmal rasten zu lassen, bevor er mit ihnen nach Tenochtitlan zurückkehrte. Indem sie die falsche Nachricht von seinem Ableben verbreiteten, hofften seine Rivalen selbst das Mädchen gewinnen zu können. Es war die Prinzessin, die ihre Absicht zunichte machte.

Einige sagen, daß die Tochter des Herrschers durch eigene Hand starb; andere behaupten – phantasievoller –, daß sie allein kraft ihres Willens aufhörte zu leben, da sie keinen Sinn mehr darin sah, weiter auf dieser Welt zu bleiben. Wer immer auch recht haben mochte – Ixtlas lebloser Körper wurde in jener Nacht auf dem Boden ihres Schlafzimmers gefunden, zusammengerollt wie ein Blatt im Herbst.

Am nächsten Morgen marschierte Popocatepetl an der Spitze seiner erschöpften Truppe in Tenochtitlan ein, sprang die Stufen des Palastes empor und verlangte die Prinzessin zur Frau. Als er den Helden erblickte, vergrub der Herrscher sein Gesicht in beide Hände und überließ es den Frauen, ihm vom Tode Ixtlas zu berichten.

Popocatepetls Zorn war entsetzlich. Noch einmal zog er seine schartig gewordene Machete, schritt durch die Straßen der Stadt und zerrte die Krieger, die ihn verraten hatten, aus ihren Häusern; ohne ein Wort tötete er sie alle. Dann, so heißt es, wandte er sich an die Menge, die ihm von Haus zu Haus gefolgt war, und befahl ihr, vor den Stadtmauern eine Pyramide zu errichten.

Männer und Frauen gleichermaßen machten sich an die Arbeit, und bald war das Monument vollendet, glatt und weiß – gekrönt von einer goldenen Bahre. Popocatepetl trug den Körper seiner Geliebten auf die

2 Hexen brauten für leichtgläubige Kunden phantastische Mischungen zusammen, die angeblich unwiderstehliche Leidenschaften in jedem erweckten, der sie zu sich nahm. Zu einem Rezept gehörten die getrocknete und zerstoßene Leber einer Taube und das Hirn einer Schwarzdrossel. Die Mischung wurde dann über das Essen des Geliebten gestreut.

3 Ein Treuloser konnte zur Umkehr bewegt werden, indem man drei Rosen in den frühen Morgenstunden versteckte – eine unter einer Eibe, eine in einem neugepflanzten Hain und eine unter dem Kopfkissen des Mädchens. Nach drei Nächten wurden sie verbrannt und ließen dann in den Träumen des Mannes das Bild seiner Geliebten aufsteigen.

5 Zwei Arten von Zauber konnten gemeinsam verwendet werden, um einen irrenden Liebenden zu fesseln. Erde, die aus einem seiner Fußstapfen gegraben und in einem Topf aufbewahrt wurde, hielt ihn davon ab, in die Fremde zu schweifen. Damit er stets die Treue hielt, sollte man Ringelblumen in den Topf pflanzen, deren Blütenköpfe dem Lauf der Sonne folgten.

6 Ein anderes unfehlbares Mittel, so wurde durch Zauberkundige überliefert, gewährleistete die Treue einer Frau, indem es auf ihre Träume einwirkte. Eine Haarlocke mußte zu Asche verbrannt werden, die dann gleichmäßig auf ihren Bettrahmen gestreut und durch Honig dort festgehalten wurde. Auf diese Weise blieb der Geliebte ihr vor Augen, selbst wenn sie schlief.

8 Ein Zaubertrank enthielt das Herz einer Taube, die Gebärmutter einer Schwalbe, die Leber eines Spatzen und die Niere eines Hasens, alles getrocknet, zu Pulver zerstoßen und dann mit dem eigenen Blut vermischt. Schwieriger als die Beschaffung aller Ingredienzen war oft das Problem, den Geliebten schließlich zu bewegen, das Gebräu auch tatsächlich zu trinken.

9 Selbst im tiefsten Winter, wenn der Baum, auf dem sie wuchs, seine Blätter abgeworfen hatte, blieb die Mistel grün. Vielleicht aus diesem Grund wurde sie zum Symbol für Fruchtbarkeit. Es genügte, zur Wintersonnenwende unter einem Zweig der weißbeerigen Pflanze zu stehen und einen Kuß auszutauschen, um Liebe bei beiden Partnern zu erwecken.

Der steinerne Rächer

Von den regenreichen Bergen Galiziens bis hin zu den sonnengebleichten Küsten Andalusiens erzählte man sich in Spaniens Goldenem Zeitalter Geschichten von einem liebestollen Granden namens Don Juan und seinen zielstrebigen Attacken auf die Tugend der Damenwelt. Während andere Zeitgenossen die Ozeane erforschten und den Stürmen trotzten, um die Land- und Seekarten neu zu zeichnen, gab sich Don Juan damit zufrieden, zu Hause zu bleiben und lieber in spitzenbesetzter Unterwäsche und gestärkten Reifröcken zu navigieren, den wutentbrannten Vätern, Brüdern und Liebhabern seiner Eroberungen stets um Längen voraus.

Aber es kam der Tag, da Don Juan zu weit ging und seine Verführungskünste mit einem Mord endeten. In jener verhängnisvollen Nacht verkleidete er sich als Bräutigam der stolzen Doña Anna aus Sevilla. In ihrem dunklen Schlafzimmer blieb der Schwindel zunächst unentdeckt: Zu spät bemerkte die Dame, wen sie in den Armen hielt.

Auf ihre Schreie eilte ihr Vater zu Hilfe. Nur halb angekleidet, drang Don Gonzalo mit gezogenem Schwert auf den Mann ein, der die Ehre seiner Tochter in den Schmutz gezogen hatte. Es ging um Leben und Tod. Die Schatten der beiden kämpfenden Männer tanzten wild über die Wände des Schlafzimmers, das Klirren ihrer Degen zerriß die Stille der Nacht. Zwischen Parade und Gegenhieb traf Don Juans Klinge genau ins Ziel und verwundete seinen Gegner tödlich.

Don Juan entkam aus dem Palast und floh aufs Land. Die Stadt mit ihren Vergnügungen übte jedoch nach wie vor eine unwiderstehliche Anziehungskraft auf ihn aus, und schon bald kehrte er nach Sevilla in der Hoffnung zurück, daß Gras über den Skandal um Don Gonzalos Ermordung gewachsen sei. Aber auf den Plätzen und Gassen gediehen immer noch Klatsch und Gerüchte. Als Don Juan sicherheitshalber in einer Kirche untertauchte, entdeckte er, daß sein Verbrechen sogar bis dorthin seinen langen Schatten warf. Er stand einem erst kürzlich vollendeten Grabmal gegenüber, das von einem steinernen Standbild des Ermordeten gekrönt war. Mit zynischem Lachen langte er hinauf, zupfte die Statue am Bart und lud sie mit ironischer Höflichkeit ein, ihm die Ehre zu erweisen, bei erster Gelegenheit mit ihm zu speisen.

In derselben Nacht hallte ein hohles Klopfen durch den Gasthof, in dem Don Juan abgestiegen war. Im Eingang stand drohend der Mann aus Stein. Die Diener ergriffen entsetzt die Flucht, der steinerne Gast jedoch ließ sich zum Abendessen mit Don Juan am Tisch nieder. Das vortreffliche Brathuhn aber wurde auf dem Teller des schweigsamen Tischgenossen allmählich kalt, und den silbernen Weinpokal führte er nicht ein einziges Mal an die Lippen. Doch bevor er sich zum Abschied erhob, lud er seinerseits Don Juan ein, mit ihm am nächsten Abend in seiner Grabkapelle zu speisen.

Allen seinen Lastern zum Trotz hatte Don Juan Mut und scheute sich nicht, die Einladung anzunehmen. Das Abendessen erwies sich als bitteres Mahl: Skorpione und Vipern, die mit Galle und Essig hinunterzuspülen waren. Don Juans Benehmen war von ausgesuchter Höflichkeit, und er tat sein Bestes, die widerwärtigen Brocken herunterzuwürgen.

Als das Mahl beendet war, erhob sich der Gast, um sich zu verabschieden. Aber der steinerne Koloß packte seine Hand und hielt sie fest mit einer Kraft, die wie geschmolzenes Metall brannte. Don Juan kämpfte mit aller Macht, sich zu befreien, bevor sein Fleisch bis auf die Knochen verschmort war. In höchster Not hieb er mit seinem Schwert nach der Statue. Aber die Klinge fuhr durch den Stein, als wäre er Luft. Als Don Juan um Gnade flehte, verkündete ihm das Standbild, die Zeit für Vergebung sei verstrichen. Alles, was er noch zu erwarten habe, seien Hölle und Fegefeuer. Und dem Geist des alten Mannes stand die ganze Ewigkeit zur Verfügung, seine Rache auszukosten.

Don Juans Leiche wurde nie gefunden, und so konnte auch niemand nachweisen, ob er durch das verzehrte Gift gestorben war, durch den weißglühenden Griff des Standbildes oder einfach vor Angst. Aber für sein Verschwinden wußten die Erzähler einen Grund anzugeben: Der Deckel des Grabmals hatte sich, so ihre Vorstellung, geöffnet. Weißglühende Flammen, Schwefel- und Höllengestank schlugen daraus empor. Und mit einem dumpfen Krach, der in den dunklen Straßen von Sevilla schauerlich widerhallte, schloß sich das Grab wieder und begrub Don Juan und seinen Widersacher endgültig unter sich.

RI
JUSTITIÆ CUS
PIETATIS CUL
RELIGIONIS

Der Topf mit Basilikum

Zu einer Zeit, als in Italien noch die kunstvollen Gesänge der Poeten zu hören waren, gab es ein einfaches Tavernenlied, das sich eine Weile großer Popularität erfreute. Vom Marktplatz bis in abgeschiedene Gärten konnte man den vertrauten Refrain vernehmen: „Wer hat nur meinen Topf gestohlen?" Aber nur wenige hatten eine Ahnung von der Tragödie, die dahintersteckte.

Diese Tragödie war die Geschichte von Lisabetta, einem Mädchen mit Augen so blau wie Saphire und einer Haut so glatt wie feinste Seide aus Catania. Sie lebte in Messina, im Hause ihrer drei Brüder, vermögenden Kaufleuten, die mit brennendem Ehrgeiz Reichtum und Ehre ihrer Familie zu mehren trachteten. Die Brüder hatten bisher noch keinen passenden Mann für sie gefunden, denn sie achteten sehr auf Sitte und Anstand und erlaubten ihrer Schwester nur selten, das Haus zu verlassen. Lisabetta verbrachte ihre Tage im kühlen Schatten der Loggia, denn von dort konnte sie am besten das Menschengewimmel unten auf der Straße beobachten. Manchmal wurde sie belohnt durch den Anblick eines vornehmen Mannes auf einem kostbar aufgezäumten Zelter oder eines dicken Prälaten, der auf einem Maulesel hockte und sich mit mürrischem Rufen den Weg bahnte, oder von Zigeunern, die mit scharfem Blick auf unbewachte Geldbörsen lauerten. Lisabetta aber bekam niemand zu sehen.

Eines Tages jedoch, als die Sommerhitze besonders drückend auf der Stadt lastete und der Sirius im Zenit stand, stellten die Brüder einen jungen Buchhalter ein, der ihre Geschäftsbücher führen sollte. Er hieß Lorenzo, und die jungen Mädchen sprachen mit ehrfurchtsvoller Scheu von seiner blendenden Erscheinung. Zuerst vernahm Lisabetta nur seine Schritte auf der Treppe oder den Widerhall seiner Stimme. Wenn sie ihre Ohren anstrengte, konnte sie manchmal ganz schwach das Kratzen seiner Schreibfeder hören. Schließlich wagte sie sich in das kühle, dämmrige Kontor hinunter, wo er hinter einem Eichentisch kauerte. Er blickte sie durch die Stäbe seines Abakus an und vermochte seine Augen nicht mehr abzuwenden.

Von nun an bestand zwischen ihnen ein stillschweigendes Einvernehmen. Wenn sie durch das Haus schlenderte, pflegte sie im Kontor zu verweilen und ihren Aufenthalt möglichst in die Länge zu ziehen, denn sie genoß seine interessierten Blicke; sie spähte dann wohl mit geheucheltem Verständnis über seine Schulter auf die verzwickten Zahlenreihen, berührte dabei kaum den Samt seines Wamses und spürte den warmen Duft seines Körpers. Eines Tages warf er den Abakus beiseite und gestand ihr mit einer Stimme, die zwischen Bangen und Hoffen schwankte, seine Liebe. Zuerst versuchte sie, ihn zu beschwichtigen, dann aber erwachte in ihr ein überwältigendes Verlangen, und sie erwiderte seine Zuneigung ohne Hemmung.

Bald wurde Lisabetta sorglos, sogar den wachsamen Augen ihrer Brüder gegenüber, und pflegte jeden Abend durch die marmornen Korridore in Lorenzos Kammer zu eilen. Eines Nachts sah sie ihr ältester Bruder, der leise wie eine Katze auftrat. Unverzüglich setzte er seine Brüder von der Liebesbeziehung in Kenntnis.

Mit Vorsicht faßten sie – immer die Familienehre im Auge – einen Plan, der das Problem ohne Aufsehen aus der Welt schaffen sollte. In den folgenden Tagen ließen sie sich ihre Wut Lorenzo gegenüber in keiner Weise anmerken, sondern gaben sich ganz im Ge-

genteil womöglich noch heiterer als sonst. Eines Abends überredeten sie ihn, mit ihnen eine Zechtour zu machen. Lorenzo folgte ihnen zu einem einsamen Ort vor den Stadtmauern. Erst als sie ihre Dolche zogen, begriff er schlagartig seine Torheit. Aber da war es längst zu spät. Sie stachen erbarmungslos auf ihn ein und fetzten ihn buchstäblich in Stücke, bis ihr Haß gestillt war. Darauf kehrten sie nach Hause zurück und machten ihrer Schwester weis, sie hätten Lorenzo in Geschäften auf Reisen geschickt.

Jeden Tag hielt Lisabetta Ausschau, ob ihr Geliebter nicht zurückkehrte und die Straße heraufkäme. Jedesmal, wenn sie unten in der Augustsonne den Kopf eines Schreibers erkannte, machte ihr Herz vor Freude einen Sprung. Aber nie war es Lorenzo. Wenn sie ihre Brüder befragte, heuchelten sie Erstaunen. Warum, so forschten sie scheinheilig nach, sei ihre liebe Schwester so an dem Buchhalter interessiert?

Als die Tage vergingen und Lorenzo immer noch nicht zurückgekehrt war, befürchtete Lisabetta, er habe sie im Stich gelassen. Eines Nachts jedoch erschien er ihr im Traum, bleich und mit wildem Blick, den Körper mit tiefen Wunden übersät. Er stand im Mondlicht vor ihr und bat sie inständig, mit dem Weinen aufzuhören, da er nie mehr zu ihr zurückkehren könne; er berichtete ihr von seiner Ermordung und bezeichnete die genaue Stelle, an der ihre Brüder seinen Leichnam vergraben hatten. Dann verschwand die Erscheinung wieder.

Zuerst argwöhnte Lisabetta, der Traumgeist sei ein Blendwerk des Teufels. Trotzdem entschlüpfte sie am nächsten Tag der Aufsicht der Dienerschaft und wagte sich ohne Begleitung auf die Straße hinaus. Immer den Anweisungen des Traumes folgend, gelangte sie zu einem bestimmten Busch vor der Stadtmauer und begann mit ihren zarten weißen Händen zwischen vermoderten Blättern in der feuchten Erde zu graben. Sie fand bald, was sie suchte. Unfähig, die Vorstellung zu ertragen, der Tod vermöchte sie zu trennen, versuchte sie den Körper hochzuheben. Aber er war zu schwer für sie. Darauf wurde sie, erzählen die Chronisten, vor Schmerz wahnsinnig, zog ihr juwelenbesetztes Messer mit Damaszener-Klinge hervor und ging daran, Lorenzos Kopf vom Körper loszutrennen. Als es ihr schließlich gelungen war, wickelte sie das Haupt in ihr weißes Leinenkopftuch und trug es nach Hause.

Im Blickfeld der Straße standen oben in der Loggia mehrere große Tontöpfe. In einem von ihnen versteckte sie Lorenzos Kopf, bedeckte ihn mit Erde und pflanzte kräftiges Basilikum aus Salerno darüber. Als der Sirius sich neigte, entfaltete das Basilikum, das täglich mit ihren Tränen begossen und von dem verwesenden Kopf in der Erde genährt wurde, eine üppige Pracht und duftende Würze.

Ihre Brüder wunderten sich anfangs nur über ihre beharrliche Zuneigung für den Topf, wurden aber schließlich mißtrauisch, als ihre Schönheit immer mehr verging. Eines Tages entwendeten sie den Topf, um zu sehen, was er enthielt. Sie fanden den Kopf und erkannten Lorenzo. In Angst und Schrecken, daß der Mord entdeckt werden könne, vergruben sie den Beweis ihrer Freveltat und flohen aus der Stadt.

Als Lisabetta den Diebstahl des Topfes bemerkte, erlitt sie einen Anfall und bekam hohes Fieber. Soviel die Ärzte sie auch zur Ader ließen, sie rief unentwegt nach ihrem Topf mit Basilikum und starb vor Kummer, bevor noch zwei Wochen vergangen waren. Aber ihr klagender Ruf lebte fort, auch nachdem ihre Seele längst entschwunden war, und verwandelte sich in das Lied, das ihre traurige Geschichte besingt.

Dem Traum folgend, entdeckte Lisabetta die Leiche ihres ermordeten Geliebten.
Da sein Körper für sie zu schwer war, trennte sie den Kopf des Toten vom Rumpf
und nahm ihn mit nach Hause, um den Geliebten ungestört betrauern zu können.

Die Dämonen-Braut

Im alten China erzählten die Dichter viele Geschichten von Menschen, die zugrunde gingen, weil sie aus Liebe geheiratet hatten. Vernünftige junge Männer waren auf der Hut und überließen es ihren Familien, eine passende Ehegefährtin für sie zu finden. Für einen Jüngling namens Schuschuan aber, der keine Eltern besaß, die ihn hätten leiten können, erwiesen sich die Lockungen der Liebe als unwiderstehlich.

Schuschuan lebte in Hangtschou, der an einer Bucht gelegenen Hauptstadt der Sung-Dynastie, bei einem Onkel und einer Tante, die einen Blumenladen in der Nähe der Stadtmauern unterhielten. An den meisten Tagen war er vom frühen Morgen bis zum späten Abend im Laden beschäftigt. Aber zum Totenfest im April gewährte sein Onkel ihm stets Urlaub, damit er die Gräber seiner Eltern besuchen und die Gedenkzeremonien abhalten konnte. An einem solchen Tag trat die Liebe in Schuschuans Leben.

Das klare Wasser funkelte im Frühlingssonnenschein, als der junge Mann seine jährliche Pilgerfahrt zum Friedhof des Erwekkungstempels auf der gegenüberliegenden Seite der Bucht machte. Aber bald schlug das Wetter um, und Nebel kam auf. Schuschuan verrichtete die Zeremonien, so rasch die Pietät es erlaubte, kehrte ans Ufer zurück und wies den Bootsmann an, ihn wieder zur Stadt hinüberzurudern.

Als der Bug sich den Wellen zuwandte, erreichte die Insassen ein flehentlicher Zuruf. Am Ufer standen zwei junge Frauen, die darum baten, an Bord genommen zu werden: eine blaugekleidete Dienerin und ihre Herrin, das lieblichste Geschöpf, das Schuschuan je in seinem Leben gesehen hatte, in einem weißen Trauergewand.

Vielleicht war es die Einsamkeit des Sees, verstärkt durch den Nebel, in dem alle Formen und Töne verschwammen; vielleicht war es die Traulichkeit des kleinen Bootes, in dem die Fahrgäste sich Knie an Knie, von Angesicht zu Angesicht gegenübersaßen. Wie dem auch gewesen sein mochte, als das Boot Hangtschou erreichte, war Schuschuan von der Dame Weiß hoffnungslos betört.

Dicht aneinandergedrängt, um sich gegen den Regen zu schützen, gingen die drei Gefährten zu den hohen weißen Stadtmauern hinauf, durchschritten das gewaltige Tor und eilten, von Trägern und Rikschafahrern gestoßen, die schmalen Gassen entlang. Schließlich trennten sie sich vor einem großen Stadthaus, dessen Dachpfosten wie Schlangenköpfe geschnitzt waren. Und Schuschuan spürte, wie er am ganzen Körper bebte, als die Dame Weiß, um ihm für seine Liebenswürdigkeit zu danken, ihn noch für denselben Abend zu sich einlud.

Lange vor Einbruch der Dunkelheit pochte Schuschuan, von Verlangen gefoltert, an die Tür unter den Schlangenköpfen. Die blaugewandete Dienerin führte ihn in ein prächtiges Gemach, wo seine Gastgeberin ihn erwartete. Sie knieten gemeinsam an einem niedrigen Tisch nieder, und die Dame Weiß schenkte ihm eine Schale Reiswein ein. Einige Minuten schauten sie einander schweigend an. Schließlich ergriff die Dame Weiß das Wort.

Mit leiser Stimme erzählte sie Schuschuan, sie wisse wohl, daß er ein armer Mann, während sie eine reiche Witwe sei; zwischen ihren Stellungen in der Gesellschaft liege eine tiefe Kluft. Aber sie habe sich in ihn verliebt. Wenn es Schuschuan gefalle, sie zu seiner Frau zu nehmen, so würde sie ihm alles geben, was sie besitze. Noch ehe Schuschuan antworten konnte, reichte sie ihm eine kleine Schatulle, die neben dem Tisch stand. Sie enthielt eine große Menge schimmernder Silberstücke. „Geht nun fort", sagte sie, „und gebt mir morgen Antwort."

Ein chinesischer Pilger wurde bei seinem Aufbruch von einem Inseltempel von einer Dame in weißen Trauergewändern und ihrer Dienerin zurückgerufen. Sie baten ihn inständig, sie noch mit an Bord seines kleinen Bootes zu nehmen.

Schuschuan war so erstaunt, daß er sich widerstandslos von der Dienerin zur Tür führen ließ. Aber auf dem Rückweg zum Blumenladen versetzte der Gedanke, die Dame Weiß zu besitzen, sein Blut in Wallung. Als er die Kaiserstraße erreichte, begann er zu laufen. Binnen weniger Minuten sprang er die Stufen zur Wohnung seines Onkels empor, darauf brennend, sein Glück zu offenbaren.

Schuschuans Onkel aber war ein entschiedener Gegner inniger Gefühle. Er schnaubte verächtlich, als er die Geschichte seines Neffen vernahm, und prüfte jedes einzelne der vorgelegten Silberstücke mit den Zähnen. Sie schienen echt zu sein. Dann bemerkte er, daß sie gänzlich unbenutzt waren, und seine Miene nahm einen furchtsamen Ausdruck an. Vielleicht waren sie aus der Kaiserlichen Münze entwendet worden – und darauf stand die Todesstrafe. Er zerrte Schuschuan mit sich fort, damit er seine Geschichte vor dem Richter wiederhole.

Kurz darauf stand eine Gruppe bewaffneter Wachen vor dem Haus mit den Schlangenköpfen. Da sich niemand meldete, brachen sie die Tür auf. Das Gebäude war leer, und nichts deutete darauf hin, daß es bewohnt wurde: Auf den Dielen des Fußbodens lag dicker Staub, und im kahlen Wohnraum klapperte ein loser Fensterladen. Aber als die Wachen sich zum Gehen wandten, blies ein Windstoß den Fensterladen auf. Einen Augenblick schien es, als ob eine Frau in Weiß, vom Licht des Mondes übergossen, oben an der Treppe stünde. Die Wachen stürzten vor, aber der Fensterladen fiel zu, und die Erscheinung war verschwunden. Wo sie gestanden hatte, lag ein Haufen Silberstücke auf dem Fußboden.

Schuschuan verbrachte die Nacht in einer feuchten und armseligen Zelle. Am nächsten Morgen wurde er vor den Richter gerufen, der sich seine Geschichte ungeduldig anhörte und ihn anschließend aus der Stadt verbannte. „Wenn du die Wahrheit sagst", erklärte er, „muß die Dame Weiß ein Dämon sein. Und in Hangtschou ist kein Platz für Männer, die sich mit Dämonen einlassen." Die Wachen führten Schuschuan zum Nordtor und spotteten ihm nach, als er auf der Straße nach Sutschou davontrottete.

In Sutschou fand Schuschuan Arbeit auf dem Blumenmarkt. Einige Wochen lang fühlte er sich elender als je zuvor in seinem Leben. Aber er faßte den festen Entschluß, die Dame Weiß zu vergessen, und als der Sommer kam und die Rosen blühten, wurde ihm wieder leichter ums Herz. Da geschah es eines Tages, während er eine Besorgung außerhalb des Marktes erledigte, daß eine Kutsche neben ihm anhielt. Darinnen saßen die Dame Weiß und ihre Dienerin.

Als die junge Frau Schuschuan aufforderte, zu ihr in die Kutsche zu steigen, schwand seine ganze Entschlossenheit. Noch einmal saßen sie Knie an Knie. Empört wies die Dame Weiß alle gegen sie erhobenen Beschuldigungen zurück. Sie sei nicht im Hause gewesen, als die Wachen kamen, und das Silber habe ihr gehört. Sie habe am folgenden Tag vergeblich auf ihn gewartet. Nachdem der Zufall sie noch einmal zusammengeführt habe, hoffe sie, Schuschuan nicht wieder zu verlieren.

Schuschuan kehrte weder an diesem noch am nächsten Tag zum Markt zurück. Als man ihn schließlich wiedersah, saß er in einer vornehmen Sänfte, die von zwei Männern getragen wurde, und war in ein kostbares Seidengewand gehüllt, das mit goldenen Schlangen bestickt war. Er hatte die Dame Weiß geheiratet.

Das Paar lebte in einem prunkvollen Haus im vornehmsten Viertel der Stadt. Während seine Gemahlin, von Dienern verwöhnt, daheim blieb, verbrachte Schu-

Die Stadtwachen verschafften sich gewaltsam Zutritt zum Haus der Dame. Sie wurden von einer Erscheinung in weißem Gewand empfangen, doch die Gestalt verschwand vor ihren Augen und hinterließ nur einen Haufen Silbermünzen.

schuan seine Tage in den Tavernen und Teehäusern, die gerade in Mode waren, und fand dort bald neue und reiche Freunde.

Mit der Zeit aber verspürte er Heimweh nach seiner alten Umgebung. Er träumte davon, die Hangtschou-Bucht wiederzusehen und auf die weißen Stadtmauern und die glänzenden Ziegel der Dächer zu blicken. Als ein Freund ihm zuredete, mit ihm zum Fest am Ersten des Zehnten Mondes heimlich dort hinzugehen, willigte Schuschuan ein. Sie beschlossen, bis zum Erweckungstempel zu reisen, wo Schuschuan wie in früheren Zeiten wieder Weihrauch auf den Gräbern seiner Eltern verbrennen und die Grabhügel fegen wollte.

Die Dame Weiß sah besorgt aus, als sie von dem Plan erfuhr, erklärte sich unter zwei Bedingungen jedoch einverstanden: Schuschuan dürfe den Tempel nicht betreten und auf keinen Fall mit einem der Mönche reden. Ihr Gemahl war bereit, den Launen seiner Frau nachzugeben, versprach, ihre Wünsche zu respektieren, und machte sich mit seinem Freund auf den Weg.

Als die beiden Gefährten den Tempel erreichten, drängten sich dort zahlreiche Besucher, denn die Mönche waren dabei, ihre Schätze auszustellen: Seiden, Gobelins, seltene Gegenstände aus Silber und Gold. Begierig, diese Wunder zu schauen, schob Schuschuans Freund den jungen Mann auf den Eingang zu. Ohne zu überlegen, trat Schuschuan über die Schwelle, doch schon im selben Augenblick stand er dem betagten Abt des Tempels von Angesicht zu Angesicht gegenüber, und jäh fiel ihm sein Versprechen wieder ein. Er wandte sich um und lief davon, ohne auf die angstvollen Rufe des Mönches zu hören.

Schuschuan stürzte den Pfad zur Bucht gerade zur rechten Zeit hinab, um zu sehen, wie sich ein Boot dem Ufer näherte. Darin saßen die Dame Weiß und ihre Dienerin, die

Gefangengenommen auf Geheiß eines Priesters, nahmen die Dame und ihre Dienerin die Gestalt einer weißen Schlange und eines kleinen blauen Fisches an.

ihm bedeuteten, an Bord zu kommen. Als er aber in das flache Wasser trat, rief hinter ihm eine Stimme: „Hinweg, Dämonen!" Und da geschah etwas Seltsames: Das Boot begann sich immer schneller zu drehen, als ob es von einem mächtigen Strudel erfaßt würde. Schließlich versank es im Wasser, ohne eine Spur zu hinterlassen.

Schuschuan starrte noch mit offenem Mund auf die fragliche Stelle, als der Abt ihn an der Schulter packte. Er hatte gespürt, daß der junge Mann in Gefahr schwebte, und war ihm gefolgt; die Stimme, die Schuschuan hinter sich vernommen hatte, war die seine gewesen. Nun hörte er aufmerksam zu, während der Jüngling die sonderbare Geschichte seiner Ehe hervorstammelte.

In den Zügen des heiligen Mannes malte sich Besorgnis. Als Schuschuan geendet hatte, erklärte er ihm, daß ihm noch weitere Prüfungen bevorstehen könnten, da derartige Dämonen nicht leicht zu töten seien. Er forderte ihn auf, zum Laden seines Onkels zurückzukehren, gab ihm zuvor jedoch noch eine Mönchskutte, damit er nicht erkannt und eingesperrt werde, und einen Betteltopf, den er unbedingt bei sich tragen solle, falls er seine Frau wiedersähe.

Schuschuan folgte dem Rat des Abtes und stand bald wieder in der Straße, in der er aufgewachsen war. Seine Verkleidung täuschte zunächst sogar seinen Onkel und seine Tante, aber ihre Überraschung schlug schnell in Bestürzung um, als sie gewahrten, wen sie vor sich hatten. „Wie kannst du ein Mönch sein?" fragte seine Tante. „Deine Frau ist hier. Sie sagte, daß du kommen würdest. Sie wartet oben auf dich."

Schuschuan wäre wahrscheinlich geflohen, hätte er nicht gespürt, daß von dem Topf des heiligen Mannes eine große Kraft ausging. Zitternd erklomm er die Treppe zu dem Raum im oberen Stockwerk, wo er seine Gemahlin vorfand. In ihren Augen, die ansonsten ohne Ausdruck waren, glühte eine dunkle Flamme.

Während sie ihre Arme um ihn schlang, zog Schuschuan den Topf aus dem weiten Ärmel seiner Kutte hervor und preßte ihn auf ihren Kopf. Die Frau schrie entsetzlich, aber Schuschuan ließ nicht von ihr ab. Überrascht stellte er fest, daß der Topf sich senkte, als ob seine Gegnerin schrumpfe. Er bot seine ganze Kraft auf. Bald hatte er den Topf bis zu seiner Taille hinabgezwungen, dann bis in die Höhe seiner Knie. Schließlich drückte er ihn auf den Boden, wo er unter seinen Händen noch ruckartige Bewegungen vollführte, doch von der Dame Weiß war nichts mehr zu sehen, auch nicht von ihrer Dienerin, die auf ihre Schreie hin herbeigestürzt war.

Schuschuan verschloß den Topf mit einem Deckel und lief mit ihm zum Tempel zurück. Der alte Mönch beugte sich über das Gefäß und sprach mit feierlicher Stimme ein Gebet der Austreibung. Dann hob er den Rand des Deckels an. Der Topf war nicht leer. Im Halbdunkel seines Inneren konnte Schuschuan die Formen eines blauen Fisches und einer zusammengerollten weißen Schlange erkennen. „Wassergeister", murmelte der Abt erläuternd; dann ordnete er an, daß der Topf mit seinem Inhalt unverzüglich in geweihter Erde, tief unter den Fundamenten einer neuen Pagode, vergraben werde.

Schuschuan wurde anschließend vom Richter der Stadt begnadigt. Er verbrachte den Rest seines Lebens als Mönch im Erweckungstempel. Und das schien das Ende der Geschichte zu sein. Aber Jahrhunderte später wurde die Pagode, unter der man den Topf vergraben hatte, von einem Feuer zerstört, und es ging das Gerücht, daß sich eine kleine, weiße Schlange und ein blauer Fisch eilig von der Brandstätte fortgewunden hätten.

Die Strafe der Eitelkeit

Kein Barde oder Troubador sang je ergreifender von verlorener Liebe als die Dichter des alten Griechenland, die erzählten, wie die erhabenen Götter mit den Gefühlen der Menschen ihr grausames Spiel trieben.

Zu den Opfern der launischen Olympier zählte Narziß, der schönste der sterblichen Jünglinge. Mit seinen dunklen Locken und seiner marmorglatten Haut gewann er das Herz eines jeden Mädchens, das ihn ansah. Von allen ersehnt, fühlte er sich zu keiner hingezogen und wies ihre Annäherungen höhnisch zurück. Da sie sich verschmäht fanden, schlug ihre Liebe in Haß um, und eine verbitterte Jungfrau bat Nemesis, die Göttin der Vergeltung, Narziß seinerseits die Qualen unerwiderter Liebe erleiden zu lassen.

Die Göttin erhörte ihr Gebet. Um den Jüngling vom rechten Wege abzubringen, bediente sie sich der unglücklichen Bergnymphe Echo, deren Schicksal es war, nur die letzten Worte einer an sie gerichteten Äußerung wiederholen zu können. So geschah es, daß Narziß, als er sich auf der Hirschjagd im Walde verirrte und um Hilfe rief, nur seinen eigenen Ruf, zurückgeworfen in den sanft lispelnden Lauten der Nymphe, als Antwort erhielt. Auf der Spur dieser lieblichen Musik wurde er tiefer und tiefer in den Wald gelockt, bis er an eine Lichtung mit einem stillen Weiher gelangte, dem Wasserlilien bunte Tupfen aufsetzten. Dort endlich fand Narziß, als er sich über den Rand neigte, um zu trinken, einen Gegenstand, der seiner Liebe würdig war: sein eigenes Spiegelbild im klaren Wasser.

Von diesem Augenblick an kniete er betört neben dem Teich. Hin und wieder streckte er seine Arme aus, um das vollkommene Geschöpf, das zu ihm aufblickte, zu umschlingen, aber sobald er seine Hände ins Wasser tauchte, verschwand das Bild. Erfüllt von unstillbarem Verlangen, siechte er dahin, bis von seiner Schönheit nur noch die weißgoldene Blume übrigblieb, die seinen Namen trägt. Echo ihrerseits hielt dem jungen Mann, den sie unwissentlich in die Irre geführt hatte, die Treue: Immer wieder kehrte ihre körperlose Stimme zu den Waldlichtungen zurück.

Der schöne Narziß verachtete seine Anbeterinnen. Endlich fand seine Liebe ein würdiges Ziel –

sein eigenes Spiegelbild im Wasser.

Durch eine wundersame Verwandlung entkam die Nymphe Daphne dem liebeshungrigen Apoll.

Dicke Mauern trennten Thisbe von ihrem Geliebten Pyramus.

Liebesverderben

Die Pfeile des schalkhaften Liebesgottes Eros waren von zweierlei Art. Hatten sie goldene Spitzen, so weckten sie Verlangen, waren ihre Spitzen aus Blei, so töteten sie es. Bisweilen benutzte der mutwillige Knabe verschiedene Waffen, um zwei Geschöpfe mit entgegengesetzten Empfindungen füreinander zu erfüllen. Um eine Beleidigung zu rächen, ließ er einst Apoll, den Gott des Lichts, in Liebe zu der Nymphe Daphne entbrennen, während er sie veranlaßte, Apoll zurückzuweisen.

Durch die Lichtungen des Olymps liefen die beiden, aber nicht im neckischen Spiel der Liebenden, sondern im tödlichen Ernst der Jagd. Daphne konnte nicht lange entkommen; niemand war so schnell wie der mächtige Apoll. Aber kurz bevor er sie einholte, rief sie den Flußgott an, der ihr Vater war und der sie dem Zugriff ihres Verfolgers entzog. Ihre flaumige Haut verhärtete sich zu Rinde, ihre Glieder erstarrten zu Zweigen. Sie war in einen Lorbeerbaum verwandelt, und seither trug Apoll stets einen Lorbeerkranz.

Wenn selbst der Liebe der Götter kein glückliches Ende beschieden war, so nimmt es nicht wunder, daß die Sterblichen einen noch schwereren Weg gingen; und kein menschliches Paar erlitt ein grausameres Schicksal als Pyramus und Thisbe. Die Dichter erzählen nicht, welches himmlische Wesen ihren Untergang beschlossen hatte, doch von Anfang an stand ihre Liebe unter einem unseligen Stern. Ihre Familien, wenngleich benachbart, waren einander todfeind. Die jungen Leute konnten sich ihre Liebe nur durch einen Spalt in der Mauer zuflüstern, die ihre Häuser voneinander trennte.

Zuletzt trieb die Verzweiflung sie dazu, ein Treffen in den gefährlichen Wäldern vor der Stadt zu vereinbaren. Thisbe erschien als erste, sah jedoch eine Löwin in der Nähe umherstreichen. Sie flüchtete und verlor dabei ihren Schleier, den das Tier fand und zerriß. Als Pyramus eintraf und das Kleidungsstück entdeckte, das von dem blutigen Rachen der Löwin besudelt worden war, wähnte er seine Geliebte tot. Seines Lebensinhalts beraubt, stürzte er sich in sein Schwert. Thisbe kehrte gerade zur rechten Zeit zurück, um ihn sterben zu sehen; dann richtete auch sie, im unerbittlichen Netz des Schicksals gefangen, die Waffe gegen sich selbst, um Trost im Tode zu finden.

Besessenheit

Wie der Regen die Wüste zum Blühen bringen konnte, so vermochte eine glückliche Liebe selbst das härteste Herz mit Freude zu erfüllen. Eine unglückliche Liebe aber konnte vernichtend und eine Quelle des Verderbens sein.

In den weiten, steinigen Einöden Armeniens erhob sich, kahl und von der Sonne ausgetrocknet, ein zerklüfteter Berg, der zu einem stummen Zeugnis ihrer zerstörerischen Kraft werden sollte.

Vor einigen hundert Jahren näherte sich ihm ein Reisender aus dem Osten. Es war ein Bildhauer namens Farhat, der sich entschloß, seine Reise an diesem Punkt zu unterbrechen. Sein Werkzeug niederlegend, trank er dankbar aus seiner Wasserflasche, machte es sich, so gut es ging, an einem Felsen bequem und schlief ermattet ein.

Hörnerschall und Hundegebell rissen ihn aus seinen Träumen. Er sprang auf und sah sich von einer Schar prächtig gekleideter Jäger umringt. Einen Augenblick lang umfing ihn die Wärme ihrer fröhlichen Gesellschaft, dann waren sie fort und stürmten im Wettlauf miteinander und mit den Hunden über die Ebene dahin.

Farhat sank inmitten einer Staubwolke, die sich langsam verzog, zu Boden und starrte ihnen benommen nach. Ein Bild nur blieb von all diesem Aufruhr in seinem Hirn und Herzen haften, ein Anblick von vollkommener Schönheit: das lächelnde Antlitz einer Dame, das sich ihm flüchtig zugewandt hatte, bevor es wie eine Luftspiegelung in der heißen Ebene verschwand.

Jemand wie er, der dem kalten Stein Leben einhauchte, konnte sich dem Zauber der Schönheit nicht entziehen – und eine Schönheit wie diese hatte er noch nie zu Gesicht bekommen. Farhat vergaß seine Reise, sein Ziel und die, die ihn erwarteten; von dieser Stunde an wurde er zu einem Besessenen. Jeden Tag fand er sich zur selben Zeit am Wegrand ein und wartete darauf, daß die

Auf der Reise durch eine Steinwüste sah der Bildhauer eine Dame zur Jagd reiten. Obwohl ihr Blick ihn nur flüchtig streifte, ergab er sich ihr mit ganzer Seele.

Jagdgesellschaft wieder vorbeiritt. Er hoffte, erneut einen flüchtigen Blick von seinem Traumbild zu erhaschen.

Er lebte in äußerster Bedürfnislosigkeit und lernte, sich von dem wenigen zu ernähren, was das karge Land ihm bot. Er stellte Fallen auf, in denen er kleine Tiere fing, und bei Nacht begab er sich zu fernen Brunnen, um seine Wasserflasche nachzufüllen.

Aber immer kehrte er beim Morgengrauen an dieselbe Stelle zurück, um auf die Reiter zu warten. Bisweilen kamen sie und galoppierten fröhlich an ihm vorbei. Ein gleichgültiges Lächeln, das ihm seine Geliebte bei dieser Gelegenheit zuwarf wie ein Almosen, belohnte ihn für seine Geduld. Dann dünkte er sich reich entschädigt für all die Zeit, die er wartend dahingebracht hatte.

Monate vergingen, der Winter nahte, und die Wüste wurde kalt. Farhat wußte, daß die Jäger vor dem Frühjahr nicht mehr ausreiten würden, aber eigensinnig kehrte er, in der unbeirrbaren Hoffnung, die Geliebte doch noch einmal zu sehen, wieder und wieder an denselben Ort zurück.

Eines Tages erklangen Hufschläge auf dem steinigen Boden, und sie war da, nur von einigen Dienerinnen begleitet. Sie hielt ihr Pferd an und blieb vor dem Bildhauer stehen. In ihrem langen Wintermantel aus Zobel erschien sie Farhat schöner denn je zuvor. Warum er immer dort warte, begehrte sie zu wissen, während sie auf ihn hinabschaute. Ob das Jagen ihm denn so gut gefalle? Und mit einem huldvollen Neigen des Kopfes wandte sie sich zu ihrem Gefolge um, das in Gelächter ausgebrochen war.

Seines zerlumpten Äußeren jäh innewerdend, schlug Farhat die Augen nieder und erwiderte ruhig, daß er nur warte, um sie vorüberreiten zu sehen. Die Dame klatschte vor Entzücken über seine Antwort in die Hände und wandte sich abermals zu ihren kichernden Begleiterinnen um.

Nachdem sie mit ihnen getuschelt hatte, lächelte sie Farhat zu. Wenn er ihr wirklich zu gefallen wünsche, sagte sie, einen Blick auf sein Werkzeug werfend, so müsse er ihr seine Verehrung beweisen, indem er ihr etwas anfertige, was ihrem fürstlichen Stand entspreche, denn sie sei Prinzessin Anusch, die Tochter des persischen Königs. Dann wies sie mit einer flüchtigen Handbewegung auf den kahlen, hoch aufragenden Berg hinter seinem Rücken. „Dort gibt es Stein genug für einen Bildhauer", sagte sie. „Macht damit, was Ihr wollt."

Während sie davonritt, ohne ihn weiter zu beachten, sann Farhat über ihre Worte nach. Er sah in ihnen eine Verheißung ihrer Zuneigung und eines künftigen gemeinsamen Glücks, wenn es ihm gelänge, ein Werk zu schaffen, das ihrer Liebe würdig wäre. Und so begann ein großes Vorhaben in seinem Kopf Gestalt anzunehmen.

Er würde kein gewöhnliches Standbild oder Denkmal für sie errichten. Er würde vielmehr eine Wohnstätte aus dem Felsen schlagen, einen prächtigen Palast, in dem er und die Frau, der er seine ganze Seele verschrieben hatte, ihre Tage gemeinsam als Mann und Frau verbringen könnten.

Während der kalten Monate beschäftigte er sich mit den Vorbereitungen für sein gigantisches Vorhaben. Er entwarf er mit größter Sorgfalt einen Plan des Platzes. Er nahm Maß, berechnete Winkel und suchte die Felsoberfläche nach Fehlern ab. Als es Frühling wurde, kannte er den Berg so gut wie seinen eigenen Körper.

Wie Lehm in des Bildhauers Hand begann die formlose Felsmasse Konturen zu zeigen. Bei Tage hörten Reisende Farhat hoch oben am Berghang hämmern und meißeln und wunderten sich. Bei Nacht konnten sie seinen hin und her huschenden Schatten sehen, denn er arbeitete beim Schein von Fackeln, die er in die dunkel aufragenden Klippen getrieben hatte. Die Kunde von seinem Tun breitete sich im Lande aus, und die Leute kamen aus allen Himmelsrichtungen, um sein Werk zu bestaunen.

Jahre vergingen, ohne daß Farhat seiner schweren Arbeit müde wurde. Die Macht seiner Liebe strömte in seinen Meißel und ließ den unnachgiebigen Felsen bersten und auseinanderfallen wie Eis bei Tauwetter. Von der Schönheit Anuschs beflügelt, schuf er weitläufige Gemächer, hohe Hallen und herrliche Prunksäle. Der tote Fels belebte sich mit kunstvollen gemeißelten Reliefs, die den Großtaten von Anuschs ruhmreichen Vorfahren gewidmet waren.

Er meißelte ganze Zimmerreihen für die zahlreiche Dienerschaft der Prinzessin, Ställe für ihre Araberhengste und Kammern für die Schätze, die sie mitbringen würde. Zuletzt bildete er den Gipfel des Berges zu einem Turmgemach um. Von dort aus würde seine Geliebte nicht nur das gesamte Gebiet überblicken, in dem sie zu jagen pflegte, sondern auch den Ort erkennen, an dem Farhat und sie einander begegnet waren.

Schließlich war alles vollendet, der letzte Giebel herausgehämmert, das letzte Kragstück verziert. Farhat begab sich wieder an die gewohnte Stelle, um die Rückkehr seiner Prinzessin abzuwarten.

Nach einiger Zeit erschien sie und besichtigte unter seiner eifrigen Führung all die Wunder, die er für sie geschaffen hatte. Sie freute sich wie ein Kind über die hübschen Sachen, die mit unendlicher Liebe gestaltet waren, und jubelte über den Blick aus dem obersten Gemach auf der Felsenspitze.

Aber dann überschattete ein verdrießliches Stirnrunzeln ihre Züge. „Es gibt keine Bäume und keine Brunnen", klagte sie. Sie brauche Grün um sich herum, und so ersuchte sie Farhat mit ihrem lieblichsten Lächeln, Wasser zu ihrem Palast zu leiten und den kahlen Berghang zum Blühen zu bringen. Mit diesen Worten ritt sie davon.

Und wieder machte Farhat sich an die Arbeit, durch den Anblick seiner Geliebten mit neuer Kraft erfüllt. Er reiste in ferne Gebirge, um Bäche und Flüsse aufzuspüren, die er umleiten könnte, und faßte sie zu einem gewaltigen Strom zusammen. Um die Wasser zu kanalisieren und so über die dazwischenliegenden Wüsten zu führen, baute er komplizierte Rohrsysteme und prächtige Viadukte, die tiefe Täler überspannten.

Auf dem Berg selbst empfingen erlesene Brunnen und kunstfertig gestaltete Becken das kostbare Naß und ließen es in funkelnden Kaskaden durch die weitläufigen Terrassen und geschwungenen Galerien des Pala-

Vor seinem Schloß, das er eigenhändig aus dem schroffen Felsen gehauen hatte, erfuhr der Künstler, daß seine Geliebte einem anderen angetraut worden war.

stes hinabstürzten. Und überall, wo das Wasser entlangfloß, trug Farhat fruchtbaren Boden auf und bepflanzte die bewässerten Uferbeete mit Blumen und Bäumen. Er legte ausgedehnte hängende Gärten an, die frei über der Ebene zu schweben schienen, und säte dort seltene Samen, die aus den entlegensten Winkeln des Landes stammten.

Mit der Zeit wuchsen die Bäume heran und blühten, die Blumen breiteten sich aus, und der Palast war erfüllt vom schweren Duft exotischer Pflanzen. In den ehedem leeren Sälen erklangen munteres Vogelgezwitscher und das Plätschern fallenden Wassers. Wieder wartete Farhat geduldig; und obwohl es im gesamten Königreich keinen Tisch gab, an dem man sich nicht die Geschichte seiner unglaublichen Taten erzählte, kam seine Liebste dieses Mal nicht.

Als er eines Tages, das Kinn in die Hand gestützt, am Wegrand saß, sah er einen Bauern auf sich zukommen. Hinter dem Mann, der fröhlich vor sich hinsang, trottete ein mit Lebensmitteln beladener Esel. Farhat gewahrend, grüßte der Fremde und setzte sich nieder, um sich auszuruhen. Gleichgültig fragte der Bildhauer ihn, woher er komme. Von einem Festmahl, erwiderte der Reisende, bemüht, den Schluckauf zu unterdrücken, der seinen Redefluß unterbrach. Der König von Armenien habe seine Hochzeit gefeiert, und er sei einer der Bediensteten bei Tisch gewesen. Die Feierlichkeiten hätten sich über sieben Tage und sieben Nächte hingezogen, und es sei eine solche Menge an Wein und Speisen übriggeblieben, mit denen er seinen Esel beladen habe, daß seine Familie einen Monat davon leben könne.

Farhat dachte an seine eigene langersehnte Verlobung und fragte, wen der König geheiratet habe. Eine persische Prinzessin, entgegnete der Mann und fügte hinzu, daß Nachrichten sich in der Wüste wohl sehr langsam verbreiten müßten, wenn er nichts davon wisse, denn die Brautwerbung habe lange gedauert, und in den Städten sei kaum von etwas anderem die Rede gewesen. Die Braut sei eine große Schönheit, erklärte er bewundernd. Dann setzte er leutselig hinzu: „Ihr Name ist Anusch."

Farhat saß wie betäubt, während der angetrunkene Reisende auf dem Wüstenweg davonschwankte. Er dachte an das lächelnde Antlitz, das seinerzeit seine Liebe gewonnen hatte. Er dachte an die beiden Gespräche und an die Verheißungen, die er in die Worte der Prinzessin gelegt hatte. Er dachte an die Jahre der Schwerarbeit, die den herrlichen Palast geschaffen hatte, der nun wie eine leere Schale hinter ihm lag. Dann erklomm er mit einem Schrei der Verzweiflung das oberste Gemach und stürzte sich von dort in die felsige Tiefe hinab.

Binnen kurzer Zeit trockneten die kunstvoll angelegten Wasserläufe aus, und die Blumen verdorrten. Wind und Staub trugen die prächtigen Reliefs des Palastes ab und ließen ihn verfallen. Später drangen feindliche Heere in Armenien ein und benutzten den Palast als Gefängnis für die einheimische Bevölkerung. Die Zeit und die Witterung setzten ihm weiter zu, bis am Ende jegliche Spur von seinen großen Sälen und Terrassen getilgt war. Der Berg selbst aber blieb – ein unzerstörbares Denkmal für die Sinnlosigkeit und Tragik unerwiderter Liebe.

Des Zauberers Überlistung

Niemand auf Erden, ob alt oder jung, entging den Qualen der Liebestollheit. Und kaum jemand vermochte seine Leidenschaft leichter zu stillen als Hexenmeister und Zauberer, denen alle Schliche und Ränke des Teufels zu Gebote standen. In den schottischen Lowlands jedoch erzählte man sich von einem Zauberkundigen, dessen List nicht ganz den gewünschten Verlauf nahm.

Es war im Dorfe Saltpans allgemein bekannt, daß der Schulmeister John Fian die Gesetze der schwarzen Magie ebenso beherrschte wie die Regeln der lateinischen Grammatik. Und jeder wußte, daß keins der jungen Mädchen, die im Dorf heranwuchsen, vor ihm sicher war. Diejenigen, die er mit schmeichelnden Worten nicht gewinnen konnte, machte er sich mit Zaubersprüchen und Beschwörungen gefügig.

Eines Tages veranlaßte er einen seiner Schüler, ihm zu helfen, kraft seiner Zauberkunst die Gunst von dessen hübscher älterer Schwester zu gewinnen, auf die er ein Auge geworfen hatte. Aus Angst vor der strafenden Hand seines Lehrers tat der Junge, was ihm aufgetragen wurde: Um Mitternacht schlich er sich in die Kammer, in der seine Schwester schlief, um ihr drei rotgoldene Haare zu stehlen. Diese brauchte John Fian, um seinen Liebeszauber einzufädeln.

Doch die Schwester erwachte, bevor er seinen Auftrag ausführen konnte. Sie hielt den Bruder am Handgelenk fest und schlug ihn, bis er seine Absicht gestand. Zusammen mit der Mutter, die mehr von solchen geheimnisvollen Dingen verstand, als ihren Nachbarn geheuer war, schmiedete das ausersehene Opfer einen Plan, um den Jäger zu übertölpeln. Am nächsten Morgen wurde der Junge wie üblich zur Schule geschickt, in der Tasche, sorgsam in Papier eingewickelt, drei rotgoldene Haare. Ahnungslos, wie er war, konnte der Bruder nicht verraten, daß die Haare nicht von seiner Schwester stammten, sondern von einer prächtigen jungen Kuh, die seine Mutter für den Markt mästete.

Mutter und Tochter aber legten zufrieden die Hände in den Schoß und warteten auf die Dinge, die da kommen sollten. Sie wußten, daß John Fian, kaum daß die Schule zu Ende war, in seine Kammer eilen würde, um seinen Zauber in Szene zu setzen.

Am Nachmittag fing die Kuh im Stall, brünstig muhend, zu stampfen an. Da wußten die Frauen, daß John Fians Zauber erste Wirkung zeigte. Der Zufall wollte – oder war es Absicht? –, daß der Riegel nicht vor der Stalltür lag. Die unruhige Kuh bahnte sich mit dem Maul den Weg in die Freiheit und trabte die Dorfstraße hinunter.

Schnaubend und lärmend blieb das Tier endlich vor dem Schulhaus stehen. Als John Fian aus der Tür trat, um die Kuh zu vertreiben, lief sie geradewegs auf ihn zu und trieb ihn vor sich her die Straße entlang, vom Schulhaus zum Gasthof, vom Gasthof zur Kirche und wieder zurück. Mal stieß sie ihn auffordernd in den Rücken, mal galoppierte sie an ihm vorbei, um ihm brünstig ihr gewaltiges Hinterteil anzubieten.

Wochen vergingen, in denen John Fian keine Ruhe fand. Wann immer er versuchte, seine Schüler zu unterrichten, übertönte das liebestolle Muhen der Kuh seine Stimme. Wenn er die Andacht besuchte, mußte das Tier mit Gewalt daran gehindert werden, ihm bis zum Altar zu folgen. Der zauberkundige Schulmeister wurde zum Gespött der ganzen Gegend. Mit der Zeit verging der Kuh die Lust an der Verfolgung, aber der blamierte Zauberer hatte seine Lektion gelernt. Er wußte natürlich, wie die beiden Frauen ihn genarrt hatten, und er war klug genug, nie wieder den Versuch zu wagen, das Herz eines Mädchens mit dunklen Machenschaften zu gewinnen.

Ein schottischer Hexenmeister versuchte, ein junges Mädchen mit Zauberkraft in seinen Bann zu ziehen. Doch er wurde von seinem Opfer überlistet: Der Zauber wirkte auf eine junge Kuh. Das liebestolle Tier verfolgte ihn unter dem Gespött der Leute kreuz und quer durch das ganze Dorf.

Schicksalhafte Begegnung von Erde und Meer

Götter und Halbgötter konnten aus Liebe ebenso leiden wie Sterbliche. Auch sie wurden schnell von der Leidenschaft gepackt und ließen sich zu unbesonnenen Handlungen hinreißen. Eine alte japanische Legende zeigt, wie die Liebe zwischen zwei göttlichen Geschöpfen aus verschiedenen Sphären erblühte und wie die Verletzung eines einzigen Tabus sie zerstörte.

Prinz Howori war ein Jäger, der von der Sonnengöttin und dem Berggott abstammte. Von Jugend an war es sein größtes Vergnügen, in den Bergen, über die sein Vater herrschte, nach Rehen und Wildschweinen zu jagen. Als Howori das Mannesalter erreichte, schenkte ihm sein Vater einen magischen Bogen, der jeden Pfeil in sein Ziel lenkte. Howoris älterer Bruder bemerkte diese Bevorzugung mit brennender Eifersucht. Aus Angst, die Rechte des Erstgeborenen zu verlieren, vertrieb er Howori aus seinen geliebten Wäldern, Schluchten und Tälern.

Unfähig, der Bosheit seines Bruders zu begegnen, schlug sich Howori zum Ufer des Meeres durch und hielt am Horizont Ausschau nach einem Schiff, das ihn aus der Gefahrenzone bringen sollte.

Da erschien aus dem Nichts plötzlich neben ihm ein Mann, der in ein Gewand aus Seetang und Muscheln gehüllt war. Zu Howoris Erstaunen wußte diese unbekannte Person über den Streit der Brüder genau Bescheid.

Er sei gekommen, erklärte er, um Howori göttlichen Schutz zu bieten, da das Recht zweifellos auf seiner Seite sei. Howori sah zu, wie sein geheimnisvoller Wohltäter eine große Anzahl Bambusrohre abschnitt und zu einem robusten, seetüchtigen Floß verwob. Er setzte es auf die tanzenden Wellen, und Howori sprang hinein.

Als er schon weit vom Ufer entfernt war, begann das Meer zu tosen. Howori fand sich im Zentrum eines Strudels wieder, der sein Floß in die Tiefe zog. Schließlich erreichte er einen prächtigen Palast auf dem Meeresgrund.

Bald darauf erschien eine junge Frau. Ihre langen, schwarzen Flechten umwogten ihr schmales Gesicht. Ketten aus Perlen und Korallen schmückten ihren glatten, weißen Hals. Howori näherte sich der zauberhaften Gestalt, aber sie erschrak und lief in den Palast zurück. An ihrer Stelle erschien ein stattlicher alter Mann und erkundigte sich höflich nach dem Namen des Fremden, der seine Tochter Toyotama erschreckt hatte.

Howori sagte, er sei der Enkel der Sonnengöttin, worauf sich der alte Mann als Gott des Meeres zu erkennen gab und Howori herzlich einlud, als Gast im Palast zu bleiben.

Howori war der Zauberkraft Toyotamas erlegen, und nach kurzer Zeit hielt er um ihre Hand an. Sie feierten Hochzeit. Das Paar lebte in großer Freude zusammen. Ihre Nächte waren von Leidenschaft erfüllt, tagsüber durchstreiften sie die felsigen Gemächer des Meeresgrundes. Doch manchmal verspürte Howori Heimweh nach Bergen, Himmel

und Schnee, und ab und zu sehnte er sich auch nach anderen Menschen und nach neuen Gesichtern. Von der Familie seiner Braut hatten nur Toyotama und ihr Vater Menschengestalt; ihre drei Brüden waren Meeresdrachen.

Bald vertraute Toyotama ihrem Gatten an, daß sie ein Kind erwarte. Der heimwehkranke Howori überredete sie, das Kind auf trockenem Land zur Welt zu bringen und dort mit ihm zu leben. Toyotama stimmte zu, aber nur unter der Bedingung, daß er sie erst nach der Geburt des Kindes wiedersehen dürfe. Er sollte eine Hütte am Strand bauen und sie mit Kormoranfedern decken. Wenn es an der Zeit war, würde sie an Land kommen und dort ihr Kind gebären.

Voller Verwirrung nahm Howori zärtlich Abschied von seiner Gattin. Sein Schwiegervater umarmte ihn und gab ihm eine Schatulle mit zwei Edelsteinen, deren Zauberkraft Howori schützen sollte, falls sein Bruder ihm immer noch feindlich gesinnt wäre. Der eine Edelstein hatte Gewalt über die steigende Flut, der andere über die Ebbe. Howori kletterte auf den Rücken eines zahmen Drachen, eines Verwandten Toyotamas, und stieg durch das dunkle Wasser empor.

Das Ungeheuer setzte ihn am Ufer ab. Howori lief viele Stunden lang, durchströmt von einem Glücksgefühl, das er

lange Zeit nicht empfunden hatte; er sah seine Heimat mit neuen Augen. Bewußt genoß er den Duft der warmen Erde und den Gesang der Vögel. Schließlich fand er seinen Bruder; doch als er in seine Augen schaute, erkannte Howori, daß der Haß in ihnen so stark glühte wie eh und je.

Howori war erschüttert über die unversöhnliche Feindschaft seines Bruders und dankte seinem Schwiegervater insgeheim für seine weise Voraussicht. Er war froh, nicht ohne Schutz zu sein, und hielt einen der Meeresedelsteine an seine Braue. Sofort stieg das Meer über seine Ufer, immer höher und höher, und verschlang Bäume, Felder und Häuser. Die Fluten tosten bis auf den Berg empor, ohne jedoch Howori mit sich zu reißen, denn dort, wo er stand, teilten sie sich, so daß er vollends trocken blieb. Sein Bruder kletterte in die Wipfel einer hohen Tanne, die auf der Spitze des Berges wuchs, doch immer noch stiegen die Fluten, bis der Baum zur halben Höhe unter Wasser stand.

Voller Angst klammerte sich Howoris Bruder an den höchsten Ästen des Baumes fest und flehte um Gnade. Howori erkannte, daß er nun Herr der Lage war, und entnahm der Schatulle den zweiten Edelstein, der die Fluten ins Meer zurückbefahl. Der ältere Prinz stieg vom Baum herab und stand demütig vor dem mächtigen Herrn der Gezeiten, bereit, mit ihm Frieden zu schließen.

Howori erinnerte sich nun an die Bitte seiner Gattin. Er suchte einen geschützten Platz am Ufer, baute eine Hütte und deckte sie mit Kormoranfedern. Dann wartete er in seiner Einsamkeit viele Wochen lang. Eines Abends

hörte er das Wasser aufspritzen und das sanfte Geräusch von Schritten auf dem Strandkies. Nun wußte er, daß Toyotama gekommen war, um ihr Kind zur Welt zu bringen.

Um Mitternacht vernahm er ihre die Geburtswehen begleitenden Schmerzensschreie. Howori fühlte, daß sie nun mit ihrer Angst allein war. Stundenlang litt er, ohne sich zu rühren, da er befürchtete, andernfalls ihre Anweisungen zu mißachten. Dann überkam ihn die Angst so machtvoll, daß er sie nicht länger ertragen konnte. Er kroch zur Hütte und spähte durch das Fenster.

Durch die Geburtsqualen hindurch spürte Toyotama instinktiv, daß jemand in der Nähe war, der sie beobachtete. Sie schaute sich um und erblickte das angstvolle Gesicht ihres Gatten, das sie aus der Dunkelheit anstarrte. Ihre Augen weiteten sich voller Entsetzen, und sie gestikulierte in wilder Panik, er möge sich entfernen. Beschämt schritt er den Rest der Nacht in seinem Garten ruhelos auf und ab und bemühte sich, nicht auf die Schreie zu hören.

Bei Anbruch der Morgendämmerung und im ersten Tageslicht wurde es allmählich still. Howori wandte sich der Hütte zu, und sein Herz erstarrte. Das Meeresufer hinab glitt ein großer, häßlicher Meeresdrachen, seine Schuppen glänzten in den rosigen Strahlen der Morgensonne. Das Ungeheuer warf sich schwerfällig ins Meer, tauchte dann langsam unter und verschwand.

Howori begriff, was geschehen war. Der Drachen war seine geliebte Frau, die durch seinen Ungehorsam ihre menschliche Gestalt verloren hatte. Dadurch, daß er das Tabu verletzt und sie bei der Geburt beobachtet hatte, war ihrer beider Glück zerstört worden.

Doch als er verzweifelt auf das Meer starrte, hörte er hinter sich ein Wimmern. Er forschte nach, woher das Geräusch kam, und unter dem hohen Schilf, das am Ufer wuchs, fand er einen neugeborenen Knaben – Toyotamas Abschiedsgeschenk.

3

Der Triumph wahrer Liebe

In den alten Chroniken kam die Liebe oft zu einem glücklichen Ende, aber erst nachdem die Liebenden viel Leid erfahren hatten. Gefahren und erzwungene Trennungen waren notwendige Prüfungen, die erweisen mußten, ob ein Liebesbund von Dauer sein würde.

Viele dieser Prüfungen verlangten von den Beteiligten, voneinander Abschied zu nehmen, für kürzere oder längere Zeit oder gar auf unbestimmte Dauer. Häufig wußten sie nicht einmal, ob sie sich je wiedersehen würden. Die Liebenden konnten durch das Machtwort eines hartherzigen Vaters getrennt werden, der eine Ehe zu verhindern suchte, die weder Gold noch Ruhm versprach; durch das zufällige Eintreffen von Piraten, die eine Entführung planten; durch die Schwäche oder Torheit eines der Partner selbst; oder durch die Machenschaften eines – menschlichen oder übermenschlichen – Feindes, der dem Paar aus Neid oder einem weniger verständlichen Grund Böses wünschte. In den am tiefsten bewegenden Erzählungen wurden die Liebenden durch den Tod auseinandergerissen. Aber die Liebe war so mächtig, daß sie selbst diesen grausamen Widersacher besiegen konnte. Märchen und Sagen aus weit auseinanderliegenden Ländern der Erde berichten von Helden, die der Geliebten in das Totenreich folgten und sie zurück zu den Lebenden brachten.

Die Erzählungen von diesen Kämpfen lehren vor allem eins – daß Liebe weit mehr war als ein Zusammentreffen von Zuneigung und Verlangen. Sie war das geheimnisvollste und stärkste aller Gefühle, eine elementare Macht des Universums, die Inspiration zu großen Taten, der Impetus zu Dichtung und Musik, die treibende Kraft des Lebens selbst.

Der Soldat und die Sarazenin

Als sich Aucassin und Nicolette zum ersten Male auf einem staubigen provenzalischen Marktplatz aus der Ferne sahen, entbrannten sie sogleich in Liebe zueinander. Der grauäugige Aucassin war groß und von kräftiger Gestalt. Nicolette besaß alle Reize, die eine Frau haben kann. Jedoch, so berichtet der mittelalterliche Troubadour, der die Geschichte der Liebenden erzählt, stand ihrer Vereinigung ein unüberwindliches Hindernis im Wege: Aucassin war der einzige Sohn eines vornehmen französischen Adligen, Nicolette eine Sarazenin, die in den Kreuzzügen gefangengenommen worden war.

Graf Garin, Aucassins Vater, herrschte über die Stadt Beaucaire im Lande der Provence, und in diese Beaucaire war Nicolette als Gefangene gebracht worden. Sie war getauft und im Hause des Vicomte der Stadt, des Vasallen des Grafen Garin, aufgezogen worden, aber sie konnte für den Erben von Beaucaire dennoch niemals eine ebenbürtige Gemahlin sein.

Als Aucassin seinem Vater mitteilte, daß er Nicolette heiraten wolle, lachte dieser ihn zuerst aus, dann war er über die Absicht seines Sohnes bestürzt. Schließlich, meinte der Graf, könne er ja unter den vornehmsten Damen des Königreichs wählen. Doch Aucassin blieb hartnäckig. Da sich der Graf nicht mit Worten durchsetzen konnte, befahl er, Nicolette in einem Turm im Palast des Vicomte einzusperren. Er untersagte Aucassin jeden weiteren Kontakt mit dem Mädchen und drohte ihm, daß seine Seele bis in alle Ewigkeit in der Hölle schmoren werde, wenn er Nicolette zur Frau nähme.

Dann würde er eben zur Hölle fahren, gab Aucassin hitzköpfig zur Antwort. Der Himmel möge ja wohl ein erbärmlicher Ort sein, voller alter Priester und frommer Krüppel. Die Hölle hingegen beherberge kühne Ritter, fahrende Musikanten, Troubadoure und Hofdamen, die sich einen Liebhaber genommen hatten. In dieser Gesellschaft würde er gerne weilen, wenn er nur Nicolette an seiner Seite hätte. Mit diesen Worten zog er sich in sein Gemach zurück und weigerte sich herauszukommen, selbst als die Truppen des Grafen Bolgar von Valence, des Nachbarn und erbittertsten Rivalen seines Vaters, in das Gebiet von Beaucaire einfielen.

Die Dinge standen schlecht für den Grafen Garin, und nach kurzer Zeit belagerte der Feind die Stadt Beaucaire selbst. Graf Garin war zu alt und zu schwach, um selbst den Oberbefehl zu übernehmen, und befahl Aucassin, die Armee gegen den Feind zu führen. Anstatt auf der Stelle zu gehorchen, wollte Aucassin erst einen Handel abschließen, Nicolette betreffend. Doch trotz seiner großen Not verweigerte der Graf die Zustimmung zur Hochzeit nach wie vor, gestand aber schließlich ein letztes Zusammentreffen zu.

Aucassin war durch seine Freude wie verwandelt. Mit der Hilfe von Knappen und Pagen legte er seine glänzendste Rüstung an. Dann wurden die Tore geöffnet, und Aucassin stürmte an die Spitze seiner Mannen. Kriegsgeschrei und Hufgedonner erfüllten die Luft, und nackter Stahl glänzte in der hellen provenzalischen Sonne.

Unter dem Schutz des eisernen Helms nahm Aucassin das Waffengeklirr kaum wahr; die Welt erschien ihm weit entfernt. Er träumte von Nicolette und wie sie ihn bewundern würde, wenn sie ihn nur in diesem prächtigen Putz sehen könnte. Sein Roß trug ihn indessen weit in die Reihen der Feinde hinein, wo er rasch umzingelt wurde. Jemand riß seinen Helm herunter, und ein Triumphgeschrei erscholl, als man ihn erkannte. Aucassin erwachte aus seinen Träumereien. In einem Anfall plötzlicher Raserei zog er sein Schwert aus der Scheide und hieb um sich wie ein Wahnsinniger. Binnen kurzer

In der Schlacht kämpfte Aucassin nur widerwillig.

Zeit hatte er zehn Ritter aus dem Sattel gestoßen und sieben verwundet.

Als er seinem Roß die Sporen gab, um zu entkommen, erspähte er Graf Bolgar in eigener Person, wie er über das Schlachtfeld galoppierte. Der Graf sah nicht, wie das große Roß und der gepanzerte Ritter über ihn herfielen, sondern spürte nur einen mächtigen Stoß. Mit lautem Gedröhne fiel er zu Boden. Graf Bolgars Mannen flohen in wildem Durcheinander.

Aucassin brachte seinen Gefangenen vor den Grafen Garin. Während sich alle anderen freuten, dachte Aucassin nur an den Handel, den er mit seinem Vater abgeschlossen hatte. Als er ihn jedoch an sein Versprechen erinnerte, leugnete der Graf hartnäckig, jemals eine solche Zusage gegeben zu haben. Aucassin war wie von Sinnen; einen Augenblick lang traute er seinen Ohren kaum. Dann wandte er sich würdevoll an seinen Gefangenen und bot ihm die Freiheit an, ohne das geringste Lösegeld von ihm zu fordern, nur unter der einen Bedingung, daß er verspreche, nie mehr Beaucaire anzugreifen. Nach anfänglicher Überraschung stimmte Graf Bolgar bereitwillig zu und wurde unter dem Schutz Aucassins in die Freiheit geleitet. Wegen dieser Freveltat wurde der junge Ritter nach seiner Rückkehr in den Kerker des Schlosses geworfen.

Die Nachricht von diesen Ereignissen erreichte Nicolette in ihrem Turm, und ihr Herz zersprang fast vor Kummer um ihren Geliebten. Sie beschloß zu fliehen und ihm somit weitere Leiden zu ersparen; wenn sie erst einmal verschwunden wäre, so dachte sie, würde er sicher aus dem Kerker befreit werden. In jener Nacht knotete sie ihre Bettlaken zusammen und ließ sich vom hohen Fenster des Turms herab. Im Schutze der Dunkelheit schlich sie zu einer Stelle in der Stadtmauer, an der die Schäden der Belagerungen noch nicht behoben waren. Sie kletterte über die locker aufeinandergehäuften Steine und erreichte den Stadtgraben, den sie mühsam durchquerte. Dann eilte sie durch die Felder, um sich im nahe gelegenen Wald zu verstecken.

Aus Furcht vor Bären und Wölfen schlief sie sehr unruhig und stand früh auf. Als sie immer tiefer in die Wälder eindrang, fiel ihr ein, daß Aucassin nach seiner Freilassung sicher nach ihr suchen würde. Für diesen Fall mußte sie ab und an ein Zeichen hinterlassen, damit er sie besser finden konnte. Als sie an Hirtenjungen vorbeikam, die ihre Herden hüteten, sorgte sie dafür, daß sie sie vorbeigehen sahen. Und als sie an einer Lichtung anlangte, an der sieben Wege zusammentrafen, baute sie eine Laube aus Blüten und Zweigen, die Aucassin mit Gewißheit als ihr Werk wiedererkennen würde.

Bald darauf traf auf dem Schloß die Nachricht ein, daß Nicolette verschwunden sei. Graf Garin ließ seinen Sohn auf der Stelle frei und bereitete ein Fest zu seinen Ehren vor. Doch Aucassin war nicht in der Stimmung zu feiern. Statt dessen lief er zu seinem Pferd und brach auf, um nach Nicolette zu suchen. Er eilte durch den Wald, suchte nach Hinweisen, daß sie vorbeigekommen war, bis er auf die Hirten stieß, die ihm von dem Mädchen erzählten, das sie gesehen hatten.

Von neuer Hoffnung erfüllt, machte sich Aucassin zu der Stelle auf, wo die Hirten sie gesehen hatten. Er ritt den ganzen Tag und fast die ganze Nacht und gelangte schließlich zu der Laube, die Nicolette gebaut hatte. Zuerst war Aucassin von ihrem Anblick überrascht; dann wurde ihm plötzlich klar, daß nur seine Geliebte eine solche Heimstätte als Schutz in den Wäldern gebaut haben konnte. Sicher wartete sie irgendwo in der Nähe auf ihn. In seiner Sehnsucht, sie zu umarmen, stolperte Aucassin und stürzte, als

Da Nicolette ihm nicht ebenbürtig war, traf Aucassin sie heimlich.

er vom Pferd stieg; Nicolette wiegte zärtlich seinen Kopf in ihrem Schoß und massierte sanft seine geschundene Schulter.

Niemand weiß, wie lange sich die Liebenden in der Laube aufhielten, denn der Chronist unterbricht diskret seine Schilderung, bevor sich ihr Glück erfüllt. Doch in dieser von Vogelgezwitscher umgebenen, vom Duft der Lilien und Rosen umwehten Lichtung wurde ihre Vereinigung endgültig vollzogen, und sie wurden in ihren Augen damit zu Mann und Frau. Als Nahrung dienten ihnen die Nüsse und Beeren des Waldes; sie tranken das Wasser aus den Bächen. Tagsüber erkundeten sie die Dickichte und Lichtungen, wo Aucassin mit den scharfen Augen des Jägers nach Rehen und Hasen Ausschau hielt. Ihre Nächte verbrachten sie damit, sich unter den von Sternen beschienenen Baumwipfeln der Liebe hinzugeben.

Schließlich war der Sommer vorüber, und die Kälte und Furcht vor Hunger vertrieb sie aus ihrer Zuflucht im Walde. Aucassin setzte Nicolette vor sich auf den Sattel und verließ mit ihr den Ort ihres Glücks, dem Schicksal vertrauend, daß es ihnen wohlgesinnt sein würde. Tagelang ritten sie über die sonnenverbrannten Ebenen und das hügelige Land, bis sie schließlich einen Bergkamm hoch über dem Meer erreichten.

Sie galoppierten hinunter zu einem weichen Sandstrand, der eine weite Bucht umsäumte. Ein Handelsschiff mit viereckigen Segeln war in der Ferne zu sehen. Aucassin winkte und rief, um die Aufmerksamkeit der Seeleute auf sich zu lenken. Diese ließen auch sogleich ein Boot zu Wasser, um herauszufinden, was die Fremden wollten. Über das Meer fahren, erwiderte Aucassin, und auf die Frage, in welches Land sie reisen wollten, gab er zur Antwort, das sei ihnen ganz gleich. Bald befanden sich Aucassin und Nicolette an Bord des Schiffes und fuhren hinaus auf die offene See.

Mehrere Stunden nachdem sie an Bord gegangen waren, mischten sich Kräfte, die für die Sterblichen unerklärlich sind, in ihr Leben ein. Ein dunkler Vorhang zog sich über den Horizont; über ihnen jagten sich die Wolken, als ob sie in Angst und Schrekken versetzt worden wären. Eine Zeitlang lag das Schiff in unheimlicher Stille; die Seeleute bekreuzigten sich, denn sie wußten, daß ihnen noch Schlimmeres bevorstand. Bald verschwand die Sonne am Himmel, und aus dem Norden blies ein schrecklicher Sturm, der über dem Mast sein Klagelied sang wie die Seelen von Verstorbenen.

Der Sturm trieb das Schiff viele Tage lang vor sich her und brachte es vom Kurs ab, in Regionen, die auf den Karten des Kapitäns nicht mehr verzeichnet waren. Als der Wind schließlich nachließ, tauchte eine unbekannte Küste am Horizont auf. Das Schiff steuerte in den ersten Hafen, den es sichtete, um Zuflucht zu finden, und die beiden Liebenden betraten das Ufer eines Landes, das ihnen völlig unbekannt war.

Reisende der alten Zeit berichteten oft von Wundern, aber wenige fanden Länder, die seltsamer waren als das Land Torelore, in das der Sturm das Schiff verschlagen hatte. Es war ein Land, stellte Aucassin zu seiner Überraschung fest, in dem Ritter unbekannt waren. Da er seinen Lebensunterhalt als Söldner verdienen wollte, wurde er in eine Stadt geschickt, wo, wie man ihm sagte, eine Schlacht im Gange war. Aber es stellte sich heraus, daß die Kämpfenden weder Spieße noch Schwerter noch Lanzen hatten; statt dessen kämpften sie mit allem, was ihnen in die Hände fiel – mit Knüppeln, Flaschen und sogar mit faulem Obst.

Einen Augenblick lang fragte sich Aucassin, ob er den Verstand verloren habe, dann lachte er laut über das seltsame Schauspiel,

In Torelore wurden Kämpfe durch Werfen von faulem Obst ausgetragen.

das vor seinen Augen ablief. In der Erwartung, Ruhm und Reichtum zu erwerben, zog er seine eigene, gut gehärtete Klinge heraus und warf sich ins Getümmel, hieb nach allen Seiten und ließ Tote und Verletzte hinter sich zurück. Zu seinem noch größeren Erstaunen zügelten ihn die Männer seiner eigenen Seite rasch, nahmen ihm das Schwert ab und führten ihn zu ihrem Herrscher. Das Töten um der Eroberung willen entspräche nicht den Gepflogenheiten von Torelore, erklärte der Monarch, hier würden die Menschen ihre Konflikte lieber lösen, ohne ihren Gegnern tödliche Verletzungen zuzufügen.

Aucassin war verwirrt, daß in diesem Lande ganz andere Sitten herrschten als in seiner Heimat, und wäre wahrscheinlich bald weitergezogen, wenn er nicht durch unvorhergesehene Ereignisse daran gehindert worden wäre. Die Länder, die Torelore umgaben, hatten eine weniger menschenfreundliche Einstellung zum Töten, und viele von ihnen nutzten nur zu gern die mangelnde militärische Schlagkraft ihrer Nachbarn aus. Zwei oder drei Nächte nach der Ankunft der beiden griff eine Schar von Räubern die Hauptstadt an, während alle schliefen. Bevor eine Warnung gegeben werden konnte, fielen sie über die Stadt her. Sie massakrierten die ahnungslosen Bewohner mit ihren Entermessern, bis das Blut in Strömen durch die Straßen floß. Alle jungen und schönen Menschen wurden als Sklaven oder Konkubinen gefangengenommen.

Aucassin und Nicolette schliefen in friedlicher Umarmung, als die Piraten in ihre Kammer einbrachen. Aucassin hatte keine Chance, nach seinem Schwert zu greifen, bevor er und seine Geliebte gepackt und durch die brennende Stadt zum Hafen geschleppt wurden. Dort wurde Nicolette in ein Schiff gezerrt, dessen Last aus jungen Frauen bestand. Aucassin schrie vor Zorn und versuchte sich freizukämpfen, als sie getrennt wurden, aber ein heftiger Schlag betäubte ihn. Als er zu sich kam, fand er sich in einer dunklen, knarrenden Galeere wieder, die nur von einer einzigen hin und her pendelnden Öllampe beleuchtet war, deren schwacher Schein sich in den glänzenden Augen der Ratten widerspiegelte.

Vom Deck ihres Schiffes beobachtete Nicolette, wie die Galeere, auf die Aucassin verschleppt worden war, dem Horizont zusteuerte, und glaubte nun, daß ihnen das Schicksal den letzten und grausamsten Schlag versetzt habe. Doch standen noch weitere Überraschungen bevor. Die Stürme, die das Meer vor Torelore aufgewühlt hatten, waren noch nicht gänzlich abgeflaut. Bald bliesen sie wieder von einem verdunkelten Himmel und zerstreuten die Piratenflotte vor ihnen. Von den wilden Wellen hin und her geworfen und vom Schicksal getrennt, gaben Aucassin und Nicolette alle Hoffnung auf und beteten um Erlösung von ihren Leiden.

Doch das Ende war ihnen vom Schicksal noch nicht vorherbestimmt. Viele Tage lang war das Schiff, das Aucassin trug, ein Spielzeug des Sturms und der Wellen, bis es schließlich an Land gespült wurde und auf einem Riff entzweibrach. Als Aucassin mehr tot als lebendig aus dem Wrack gezogen wurde, stellte er überrascht fest, daß seine Retter Männer aus Beaucaire waren. Der Sturm hatte ihn nach Hause getragen.

Seine Retter waren ebenso erfreut wie er selbst, als sie ihn erkannten. In den Monaten seiner Abwesenheit war Graf Garin gestorben und hatte das Land ohne einen neuen Lehnsherrn hinterlassen. Der junge Ritter kehrte auf die Güter seines Vaters zurück, und sobald er sich von den Schrecken seiner Reise erholt hatte, versammelten sich die Adligen seines Landes, um ihm die Lehnstreue zu schwören.

Durch Piraten wurde Nicolette von ihrem Geliebten getrennt.

So wurde Aucassin Graf von Beaucaire. Er regierte das Land gut, aber die Lebenslust und die Leichtherzigkeit seiner Jugend waren verschwunden. Er trauerte zutiefst um seine verlorene Liebe und fragte sich unablässig, ob Nicolette noch am Leben sei.

In der Tat war ihre Geschichte noch sonderbarer als seine eigene. Sie war in den Heimathafen der Piraten nach Cartagena verschlagen worden, ins moslemische Spanien. Die Silhouette der Minarette und Kuppeln schien ihr auf seltsame Weise vertraut. Da erkannte sie die Wahrheit. Dies war die Stadt, in der sie als Kind gelebt hatte, aufgewachsen in Luxus als Tochter ihres Herrschers. Von hier hatten die Christen ihre Gefangene nach Beaucaire verschleppt.

Die Piraten wollten ihr zunächst keinen Glauben schenken, als sie ihnen ihre Geschichte erzählte, aber sie brachten sie schließlich doch in den Palast. Dort erkannte sie der Herrscher als sein lange verlorenes Kind wieder. Er umarmte sie mit Freudentränen in den Augen und ließ ein Fest zu ihren Ehren ausrichten.

In den Palast heimgekehrt, wurde Nicolette von ihrem Vater, der sie anbetete, verwöhnt. Aber trotz seiner Fürsorge und der kostbaren Kleider und Juwelen, die er ihr schenkte, wurde ihr Leben von einer wachsenden Sorge überschattet. Sie müsse heiraten, gab er ihr zu verstehen. Doch als sie an keinem ihrer Bewerber Interesse zeigte, verwandelte sich seine Fürsorge in Zorn. Wenn sie selbst ihre Wahl nicht treffen wolle, sagte er ihr, so würde er die Wahl für sie treffen.

Nicolette, die an keinen anderen Mann als an Aucassin dachte, fügte sich dem Anschein nach, aber insgeheim plante sie ihre Flucht. Sie kaufte eine Viola und verbrachte viele Stunden bei den Musikanten des Hofes, um das Instrument zu erlernen. Des Nachts, während ihre Zofen schliefen, änderte sie die schönen Gewänder, die ihr Vater ihr geschenkt hatte. Bei Tag durchstreifte sie die Wälder auf der Suche nach einem bestimmten Kraut, von dem sie gehört hatte, daß es die Haut dunkel färben könne.

Der Tag nahte heran, an dem auf des Vaters Wunsch Nicolettes Verlobung mit einem reichen benachbarten Machthaber verkündet werden sollte. Am selben Nachmittag spazierte ein junger Spielmann mit glattem Gesicht und nußbrauner Haut durch die Tore des Palastes hinab zum Hafen. Als man Nicolette vermißte, befand sie sich bereits auf einem Schiff, das nach Norden segelte. Es war der Beginn einer langen, gefährlichen Reise. Viele Nächte verbrachte sie in düsteren Tavernen, wo sie für etwas Brot, Käse und ein Strohlager ihre Lieder sang. Tagsüber wanderte sie vom ersten Morgengeläut bis zum Klang der Vesperglocke die Straßen entlang, bis sie endlich Beaucaire erreichte.

Als sie erfuhr, daß ihr Geliebter nun Graf war, beschloß Nicolette, sich nicht gleich zu erkennen zu geben. Statt dessen behielt sie ihre Verkleidung bei, begab sich zum Schloß und begann zu singen. Ihre Stimme war so glockenrein und die Weise so süß, daß Aucassin aus seiner Kammer trat, um ihr zu lauschen. Die sanfte Melancholie des Liedes rührte in ihm alte Erinnerungen auf, aber er wurde aus seiner Träumerei gerissen, als er plötzlich den Namen seiner verlorenen Geliebten hörte. Nicolette, so sang der Spielmann, sei durch Piraten von ihrem Geliebten getrennt und in ein fremdes Land verschleppt worden; sie sei geflohen und habe sich als Musikant verkleidet, um das Land zu suchen, wo ihr Geliebter weilte.

In diesem Augenblick öffneten sich Aucassins Augen endgültig. Gleich am nächsten Tag vermählte er sich mit Nicolette, und zeit ihres Lebens waren sie das glücklichste Herrscherpaar, das Beaucaire jemals hatte.

Ein Lied führte Aucassin zu seiner verlorenen Geliebten zurück.

Rettung aus der Unterwelt

Liebe, so verkündeten die Dichter, könne selbst den Tod besiegen. In Polynesien erzählt man sich die Geschichte eines jungen Südseeinsulaners, der durch eine List seine Liebste aus der Geisterwelt rettete.

Ihr Held war ein Jüngling namens Hiku, der mit seiner Mutter allein in einer Höhle hoch oben an einem Vulkankegel lebte. Eines Tages verließ er sie, um in der Ebene die Wildnis der Insel zu durchstreifen. In einem entfernten Dorf begegnete er Kawelu, der Tochter eines Häuptlings, und verliebte sich in sie. Die beiden lebten eine Zeitlang glücklich zusammen. Hiku hatte jedoch seiner Mutter die Rückkehr fest versprochen; das Pflichtgefühl des Sohnes trieb ihn schließlich von der Seite seiner jungen Liebsten fort.

Monate später kam er in das Dorf zurück, in dem das Mädchen wohnte. Er erfuhr, daß sie aus Gram über sein Fortbleiben dahingeschieden sei. In seiner Qual trachtete Hiku danach, das Unrecht, das er Kawelu zugefügt hatte, wiedergutzumachen und mit ihr abermals vereint zu sein. Er wußte, daß ihr Geist in die Unterwelt hinabgestiegen sei und wo er diese finden könne: am Horizont, wo Himmel und Wasser zusammentrafen.

Alle Inselbewohner kannten den Ort. Die meisten freuten sich sogar auf den Tag, da ihr Leben endete und sie dorthin gehen konnten, denn es war eine Welt ohne Kummer und Leid; aber kein Lebender wagte sich ihr zu nähern, weil sie streng bewacht wurde. In seiner Verzweiflung gelobte Hiku, sich dennoch in das Abenteuer zu stürzen.

Zuerst knüpfte er aus dicken Weinranken ein endlos langes Seil. An einem Ende befestigte er zwei gekreuzte Hölzer als Schaukel, wie sie jeder Insulaner aus seiner Kinderzeit kannte. Als nächstes halbierte er eine Kokosnuß und höhlte jede Hälfte aus; zum Schluß rieb er seinen Körper mit ranzigem Kokosnußöl ein. Es täuschte den Verwesungsgeruch von Leichen vor – ein Kniff, um die Wächter des Totenreiches zu überlisten.

In Begleitung von Kawelus Verwandten brach Hiku mit dem Kanu zum großen Abgrund auf, der die Geister der Dahingeschiedenen beherbergte. An seinem Rand hielten seine Gefährten die Kanus an und ließen ihn an dem geflochtenen Seil über die Kante des Abgrunds in die Tiefe hinab.

Er glitt abwärts, bis er in Sichtweite der Schattengestalten angelangt war, die gebannt zu ihm hochblickten. Dann streckte Hiku seinen Körper und begann zu schwingen. In immer weiter ausholenden Bögen schaukelte er über den versammelten Geistern vor und zurück, und bei seinem Anblick wurden in der gaffenden Menge glückliche Erinnerungen an ihr Leben auf Erden wach. Keiner war gerührter als Kawelu, die ihren verlorenen Liebsten erkannte. Sie hüpfte ungeduldig in die Höhe, um bei seinem Spiel mitzutun.

Hiku gab seinen Freunden ein Zeichen, das Seil einzuholen. Zuerst war Kawelu zu sehr in das Spiel vertieft, um zu bemerken, was vorging. Aber als sie es schließlich gewahr wurde, geriet sie in Panik. Sie nutzte die Gabe der Toten, in eine andere Gestalt zu schlüpfen, verwandelte sich in einen kleinen Schmetterling und wollte soeben in die Unterwelt zurückfliegen.

Hiku war jedoch darauf vorbereitet. Er klappte beide Hälften der Kokosnuß rasch über dem Falter zusammen und trug sie so in die Welt der Lebenden zurück. Dann ging er in das Dorf, in dem ihr Leichnam aufgebahrt lag, machte in ihren Körper einen kleinen Einschnitt und überredete den flatternden Lebensgeist, wieder in seine irdische Hülle zurückzukehren. Kawelu erlangte das Bewußtsein wieder, und sie und ihr Retter wurden fortan nie mehr getrennt.

An einem Seil aus geflochtenen Weinranken ließ sich Hiku ins Totenreich hinab, einen Abgrund jenseits des Horizonts. Er wollte seine Liebste zurückzuholen, die aus Sehnsucht nach ihm dahingesiecht und gestorben war.

Prüfungen einer indischen Königin

In früherer Zeit gab es in der Überlieferung wohl jedes Landes Liebende, die ungeheure Mühen auf sich nehmen mußten, um ihr Ziel, ein Paar zu werden, zu erreichen. In Indien jedoch schenkten die Erzähler des heroischen Zeitalters auch einer anderen Art der Liebe ihre Aufmerksamkeit: der Ergebenheit der Ehefrau für den ihr angetrauten Ehemann. In indischen Sagen, die in undurchdringlichen Wäldern und duftenden Schloßgärten spielen, mußten treue Frauen unbeschreibliche Entbehrungen und Ängste um ihrer unberechenbaren Gatten willen erleiden. Die standhafteste aller Ehefrauen war Damajanti, die Gemahlin des Königs Nala.

Bei Nalas Werbung um Damajanti geschahen von Anfang an Wunder, auch überirdische Wesen mischten sich ein. Nala war der Herrscher von Nidschadha in Nordindien und ein vorzüglicher Reiter. Als Mann wie als König hatte ihn die Natur in verschwenderischer Fülle mit allen guten Eigenschaften ausgestattet. Sein einziger Fehler bestand in seiner Vorliebe für das Würfelspiel, die manche gar für maßlos hielten. Damajanti war die behütete Tochter von Bhima, dem Maharadscha des Nachbarstaates Vidarbha. Sie überstrahlte jede Frau ihrer Zeit an Schönheit und Liebreiz, so wie Nala alle Männer überragte. Der Ruhm so bevorzugter Geschöpfe breitete sich naturgemäß weit über alle Lande aus, und ihr gegenseitiges Interesse war schon erwacht, bevor sie sich überhaupt begegnet waren.

Immer häufiger von Gedanken an das Mädchen verfolgt, machte es sich Nala zur Gewohnheit, schweigend unter den blühenden Bäumen seines Gartens umherzuwandeln. Dabei überraschte er eines Tages eine Schar Schwäne mit goldenen Flügeln. Er fing eines der Tiere ein, und zu seinem Erstaunen versprach es ihm mit einer menschlichen Stimme, sich als Gegenleistung für die Freilassung bei Damajanti für sein Anliegen ein-

Nala, ein verliebter indischer Prinz, schickte einen Schwan zu Prinzessin Damajanti, um ihr seine Liebe zu erklären. Der Vogel erfüllte seinen Auftrag, lockte sie von ihren Begleiterinnen fort und überbrachte die vertrauliche Botschaft.

zusetzen. Wieder in Freiheit, flog der Schwan mit seinen Gefährten sogleich zum Garten in Vidarbha, wo Damajanti und ihre Mädchen müßig im Schatten saßen. Die Mädchen sprangen auf und jagten die Vögel durch den Park. Als Damajanti ihre Beute in die Enge trieb, brachte der Schwan Nalas Herzenssache vor. Zunächst sprachlos vor Staunen über das Wunder, gewann sie bald so weit ihre Fassung zurück, den Vogel zu bitten, Nala ihre Zuneigung zu übermitteln.

Danach verfiel Damajanti zunehmend ins Grübeln und wurde blaß – kurz, sie verlor ganz einfach ihre Lebenslust. Es war nicht schwer zu erraten, was sie quälte, und ihr weiser Vater entschied, daß es für sie an der Zeit sei, sich einen Ehemann zu wählen. Daher lud Bhima alle bedeutenderen Herrscher an seinen Hof ein. Sie strömten von nah und fern herbei, und jeder wetteiferte, die anderen durch die Pracht seines Gefolges zu übertrumpfen. Unter ihnen war auch Nala.

Kurz vor seinem Ziel wurde Nala von vier strahlenden Göttern zum Halten gezwungen. Sie bewarben sich ebenfalls um Damajanti und verlangten von ihm, ihr Fürsprecher zu sein. Er bat sie, ihn von diesem qualvollen Dienst zu entbinden, aber sie bestanden darauf, und aus Ehrfurcht gehorchte er schließlich. Mit einem Zauberschlag versetzten ihn die Götter in das Privatgemach der Prinzessin, wo er gewissenhaft seinen Auftrag ausführte.

Aber kaum sah sie Nala leibhaftig vor sich stehen, gehörte ihr Herz schon ihm allein. Als die vier Götter dies gewahrten, mischten sie sich unter die übrigen versammelten Brautwerber, die Damajantis Entscheidungen erwarteten. Um das arme Mädchen zu verwirren, nahm jedes der himmlischen Wesen Nalas Gestalt an. Aber Damajanti kannte sich aus in den Launen der Götter, und so durchschaute sie das Spiel ihrer Bewerber. Als sie die fünf identischen Freier einer eingehenden Prüfung unterzog, gelang es ihr allmählich, die fast unmerklichen, aber sicheren Anzeichen der Göttlichkeit zu erkennen: Vier aus dem Quintett warfen keine Schatten. Sie schwitzten auch nicht, klappten nicht mit den Augenlidern und berührten mit den Füßen kaum den Boden.

So fiel es Damajanti nicht schwer, ihren Liebsten herauszufinden, und sie hängte ihm freudestrahlend eine Blumengirlande um

Als der Prinz bei der Hochzeit Damajanti um das heilige Feuer führte,
schien es den Hochzeitsgästen, als stünde ihre Heirat unter dem Segen der Götter.
Aber ein eifersüchtiger Dämon schmiedete schon Pläne, ihren Bund zu zerstören.

den Hals. Das Paar feierte seinen Bund, indem es das heilige Feuer als Symbol der Treue umrundete. Als Hochzeitsgeschenk verliehen die Götter, großzügig trotz ihrer Niederlage, dem Bräutigam übermenschliche Kräfte – dazu gehörten auch zauberische Kochkünste und die Gabe, unbeschadet durchs Feuer zu gehen.

So waren die Liebenden vereint, aber gerade ihre überwältigende Glückseligkeit ließ ihnen einen unversöhnlichen Feind erwachsen: Ein Dämon hatte sich Damajanti ebenfalls zur Braut erkoren, und aus Eifersucht und Enttäuschung schwor er, sich bei nächster Gelegenheit an Nala zu rächen.

In Unkenntnis der drohenden Verhängnisse lebte das Paar in Eintracht und erfreute sich der Liebe seines Volkes. Zwei hübsche Kinder wurden ihnen geschenkt, ein Junge und ein Mädchen. Manchmal warf Nalas

Neigung für das Würfelspiel einen Schatten auf das Glück seiner Frau, aber zwölf Jahre lang verscheuchte sie ihre Sorgen im Vertrauen darauf, daß ihr Gatte seine Schwäche zu zügeln vermöchte.

Dann kam der unheilvolle Tag, an dem Nala einen kleinen Fehler beging und damit dem Dämon die Chance eröffnete, auf die er immer gelauert hatte: Der Maharadscha versäumte es, seine Füße vor dem Gang zum Gebet zu waschen, und beleidigte dadurch die Götter. Sogleich schlüpfte der Dämon in seine Seele und ergriff von ihr Besitz.

Die Strategie des Dämons, die Nala zugrunde richten sollte, zielte darauf ab, seine Vorliebe für das Spiel zu einer unkontrollierbaren Leidenschaft anzufachen. Er ließ Nalas Bruder Puschkara kommen und versprach ihm, er werde stets gewinnen, sooft er auch mit dem König würfele, denn ein böser Geist würde sich der Würfel bemächtigen und ihren Wurf lenken.

Nala war unfähig, der Gier in seinem Innern zu widerstehen. Tag und Nacht, Monat für Monat spielte er ohne Unterlaß. Den Bitten seiner geliebten Damajanti und den Vorhaltungen seiner Ratgeber gegenüber stellte er sich taub. Nala verlor jedes Spiel, und jede verlorene Runde kostete ihn einen Teil seines Besitzes. Aus Angst vor der ungewissen Zukunft brachte Damajanti die Kinder im Palast ihres Vaters in Sicherheit.

Nala büßte seine Schätze ein, seinen Palast, sein Königreich. Zum Schluß schlug ihm sein Bruder mit einem kleinen grausamen Lächeln vor, um Nalas allerletzten ihm noch verbliebenen Schatz zu spielen: um Damajanti selbst. Vor Schmerz und Entsetzen sprang Nala auf. Stumm legte er seine prunkvollen Gewänder ab und ging davon, wie ein Bettler nur mit einem Hemd bekleidet. Auf dem Fuße folgte ihm die bejammernswerte Gestalt seiner getreuen Damajanti – auch sie nur in ein Tuch gehüllt.

Das Umherirren und ihre Bedrängnis waren schrecklich, da der neue Maharadscha Puschkara jede Hilfe für die Heimatlosen untersagt hatte. So suchten sie notdürftigen Schutz in den Wäldern, wo sie sich von Wurzeln und Beeren ernährten.

Von Schuldgefühlen und Reue gepeinigt, quälte Nala auch Damajanti in tiefster Seele, indem er sie beständig drängte, ihn zu verlassen, und immer wieder auf die Straße zur Stadt ihres Vaters hinwies. Sie weigerte sich energisch und bestand vielmehr darauf, bei ihm zu bleiben, um ihm mit ihrer Liebe das Leben erträglicher zu machen. Eines Nachts jedoch stahl er sich davon, während sie noch schlief, und überließ sie ihrem Schicksal.

Als Damajanti gewahr wurde, daß sie allein war, glaubte sie, Kummer und Leid nicht mehr ertragen zu können. Doch auch nachdem sie ihre Fassung wiedererlangt hatte, dachte sie keinen Augenblick daran, dem Mann, der sie im Stich gelassen hatte, Vorwürfe zu machen. Die Angst, die ihr beim Umherirren im Wald die Kehle zuschnürte, galt nur Nala. Sie wurde mit mannigfachen Gefahren konfrontiert – wilden Tieren, Dämonen, bösen und gewalttätigen Männern –, aber ihre Reinheit und überirdische Schönheit bewahrten sie vor allem Unheil.

Erst nach vielen Tagen gelangte die Prinzessin mit zerfetzter, schmutzstarrender Kleidung und zerrauften Haaren, die ihr in staubigen Strähnen vom Kopf hingen, in die Königsstadt Chedi, die auf einer großen Waldlichtung in der Sonne glitzerte. Damajantis seltsame Erscheinung erregte die Aufmerksamkeit und dann den Spott einer wachsenden Menschenmenge, die sich um sie drängte. Nur ein Bote, den die Mutter des herrschenden Königs geschickt hatte, rettete sie schließlich vor der Zudringlichkeit des Pöbels. Die Königinmutter hatte nämlich be-

Neben all seinen Vorzügen besaß Nala eine verhängnisvolle Schwäche:
Er spielte besessen und setzte sein Königreich wie sein Eheglück aufs Spiel.

Damajanti kam aus dem tiefen Wald in eine Königsstadt und wurde von der johlenden Menge verspottet.
Aber die Königinmutter sah vom Dachgarten des Schlosses aus ihre Not und kam ihr zu Hilfe.

reits vom Dachgarten des Palastes aus beim Spazierengehen Damajanti erspäht. Sie erriet aus deren Auftreten ihre edle Herkunft, hieß sie herzlich willkommen und erkundigte sich nach den Ursachen ihres Unglücks. Damajanti wollte nicht preisgeben, wer sie war, erklärte sich jedoch bereit zu bleiben und der Tochter der Königin Gesellschaft zu leisten.

So lebte nun Damajanti hier – während ihr Vater Bhima die größten Anstrengungen unternahm, das Schicksal seiner unglücklichen Tochter aufzuklären. Von ihm ausgesandte Brahmanen stellten auf der Suche nach ihr in jeder Stadt Nachforschungen an, bis schließlich einer von ihnen den Weg nach Chedi fand. Trotz der Spuren, die die Leidenszeit auf ihrem einstmals so schönen Gesicht hinterlassen hatten, erkannte der Sendbote Damajanti sofort, als sie an der Seite der königlichen Dame stand. Er klärte die Damen über ihre Herkunft auf, und sogleich sorgten sie für die schleunige Heimreise zum Palast ihres Vaters, wo sie unter Freudentränen willkommen geheißen wurde. Nachdem sie über ihr Geschick berichtet hatte, scheute ihr Vater keine Mühen, nunmehr auch den vermißten Nala ausfindig zu machen.

Als der unselige König seine schlafende Frau verlassen hatte, war er immer tiefer in den Wald geeilt. Plötzlich loderte ein gewaltiger Feuerring vor ihm auf, aus dessen Mitte ihn eine Stimme beim Namen rief und um Hilfe anflehte. Er nutzte seine Macht, die ihm die Götter bei seiner Heirat verliehen hatten, und sprang unversehrt durch die Flammen. Im Zentrum des Feuers entdeckte er eine Riesenschlange, die in der Falle saß. Er bezwang seinen Abscheu und Schrecken und befragte das Ungeheuer nach dem Grund für seine mißliche Lage. Die Schlange, so erfuhr Nala, war Karkotaka, Halbgott und König aller Schlangen. Er war innerhalb des Feuerrings gefangengesetzt worden, weil er einen Heiligen betrogen hatte.

Karkotaka versprach Nala, ihn reich zu belohnen, falls er ihn befreien würde. Als sie nach dem Sprung aus dem Flammenmeer wieder auftauchten, bat die Schlange den König, zehn Schritte voranzugehen. Beim zehnten Schritt biß Karkotaka ihn. Augenblicklich verwandelte sich Nalas kraftvolle, hochgewachsene Gestalt in einen häßlichen Krüppel. Die Schlange beeilte sich noch zu erklären, daß die Umwandlung nur zu Nalas Bestem geschehen sei, damit er unbemerkt und unerkannt seinen Weg fortsetzen könne.

Der Schlangenkönig schärfte Nala ein, sich beim Maharadscha Rituparna von Ajodha um eine Stellung als Wagenlenker zu bemühen. Dieser Prinz galt als mathematisches Genie und war ein vollendeter Würfelspieler. Er war auch allgemein als Pferdeliebhaber bekannt, jedoch ungeschickt im Umgang mit den Tieren. Nala würde vielleicht eine Gelegenheit finden, schlug die Schlange vor, seine eigene Gewandtheit mit Pferden vorzuführen, und könne den Maharadscha als Gegenleistung darum bitten, ihm seine unbezahlbaren Kenntnisse im Würfelspiel zu verraten. Schließlich reichte die Schlange Nala ein Zaubergewand, das ihm seine natürliche Gestalt zurückgeben sollte, sobald die Zeit dafür gekommen war. Dann verschwand der Schlangenkönig.

Nala tat, wie ihm geheißen. Sein ungewöhnliches Geschick bei der Behandlung der Tiere beeindruckte den Maharadscha über die Maßen; er ernannte Nala sogleich zum obersten Wagenlenker und überhäufte ihn mit Ehren. Aber Nala fühlte sein Gewissen von seiner Schande belastet. Nichts konnte seinen Kummer lindern.

Zur selben Zeit schickte in weiter Ferne Damajantis Vater erneut Sendboten in jeden Winkel des Landes; jedem trug er auf, einen Vers aufzusagen, darin der umherziehende Spieler gebeten wurde, zu seiner Frau zurückzukehren, die er schlafend im tiefen Wald zurückgelassen hatte. Schließlich brachte ein Bote vom Hof des Maharadschas Rituparna die Nachricht, daß er eine Antwort bekommen habe. Ein mißgestalteter Wagenlenker schien von den Worten tief bewegt gewesen zu sein und hatte die Frau beschworen, treu zu bleiben und keinen Groll gegen den Ehemann zu hegen, der sie im Stich gelassen hatte.

Diese Botschaft überzeugte Damajanti davon, daß man ihren Mann gefunden hatte. Sie erriet jedoch, daß ihn die Scham über sein Verhalten immer noch daran hinderte, zu ihr zurückzukommen. Sie mußte also ihren ganzen Verstand aufbieten, um ihn zur Rückkehr zu bewegen. So sandte sie einen weiteren Emissär mit der Nachricht zum Maharadscha Rituparna, Königin Damajanti treffe Anstalten, einen neuen Ehemann zu wählen. Der Bote fügte hinzu, falls der Maharadscha sich um ihre Hand bewerben wolle, müsse er die lange Reise an einem einzigen Tag zurücklegen, da die Wahl ganz früh am nächsten Morgen stattfinden werde.

Unverzüglich schickte der Maharadscha nach seinem Wagenlenker – dem einzigen Mann, der die Entfernung an einem Tag bewältigen konnte. Als Nala den Befehl des Maharadschas vernahm, wallte Zorn in ihm auf, da er glaubte, Damajanti habe ihn verloren gegeben. Dennoch versprach er, der Anordnung des Maharadschas Folge zu leisten, und sobald sein Herr im Wagen Platz genommen hatte, feuerte er die Pferde zu rasendem Tempo an.

Der Maharadscha brannte darauf, die Pferde genau wie Nala beflügeln zu können, und verging vor Sehnsucht, das schaumbedeckte Gespann selbst zu lenken. Plötzlich kam ihm ein glücklicher Einfall – er erinnerte seinen Fahrer an die eigenen unübertroffenen Kenntnisse von den Regeln des Glücks, die allein dazu befähigten, beim Würfelspiel immer zu gewinnen. Er schlug vor, gegenseitig die Geheimnisse ihrer Kunst auszutauschen. Der Wagenlenker willigte ein und zügelte sogleich die Pferde, damit sie auf der Stelle damit beginnen könnten.

Erschrocken protestierte der Maharadscha: Dafür bliebe ihnen jetzt keine Zeit! „Dann fahrt weiter, wenn Ihr wollt, aber ohne mich!" höhnte der Wagenlenker. Der Maharadscha gab sich geschlagen und weihte ihn ohne Zögern in die Geheimnisse der numerischen Wissenschaft ein. Als Nala die hintergründige Weisheit des Würfelspiels erfaßt hatte, vertrieb die Erleuchtung blitzartig den Dämon in ihm – er war wieder frei!

Unverzüglich sprang der Wagenlenker auf sein Gefährt, und sie flogen abermals schnell dahin, so daß sie am Abend Vidarbha erreichten. Als das Gespann in den Schloßhof preschte, erinnerten Damajanti die donnernden Hufe der Pferde sofort an Nala. Ihr Herz geriet in einen Freudentaumel.

Der ungeschlachte Fahrer jedoch, den sie von ihrer Dachterrasse aus beobachtete, hatte so gar keine Ähnlichkeit mit ihrem göttlichen Nala. Aber als Damajanti ihn zum Kutscherhaus humpeln sah, überkam sie das Gefühl, dennoch ihren Mann vor sich zu haben. Um Gewißheit zu erlangen, schickte sie geschwind ihre vertrauteste Zofe zu dem Wagenlenker, mit dem Auftrag, jene Verse zu wiederholen, die schon die Brahmanen bei ihrer Suche nach Nala vorgetragen hatten. Das Mädchen konnte ihrer Herrin berichten, wie tief bewegt er geantwortet habe, und zwar in denselben Worten wie schon zuvor. Darauf wies Damajanti die Zofe an, eine Kostprobe vom Abendessen zu entwenden, das der Wagenlenker sich selbst zubereitete. Und richtig, das Fleisch schmeckte so einmalig gut gewürzt, daß es für Damajanti keinen Zweifel mehr gab: Dieses Gericht konnte nur ihr Mann mit seinen gottgegebenen kulinarischen Fähigkeiten gezaubert haben. Jetzt schickte sie ihre Kinder mit Grüßen zum Fahrer hinüber. Von ihrer Zofe erfuhr sie, wie er beide zu Tränen gerührt in die Arme geschlossen hatte.

Zuletzt bat Damajanti ihre Eltern, den sonderbaren Mann zu ihr zu bestellen. Weinend fragte sie ihn, ob er etwas von Nala wisse, dem großen König, der – für alle vollkommen unbegreiflich – seine getreue Frau im Stich gelassen habe. Bei diesen Worten gab es Nala auf, sich weiter zu verstellen. Er erklärte ihr, daß er zu seinen törichten und grausamen Taten gegen seinen Willen von einem bösen Dämon angestiftet worden sei. Und er überhäufte sie mit Vorwürfen wegen ihrer Absicht, eine zweite Ehe einzugehen.

Von ihren Gefühlen überwältigt, beichtete sie ihm, ihre Ankündigung sei nur Teil ihres Plans gewesen, ihn zu ihr zurückzuholen. Sie schwor feierlich, daß sie ihm treu geblieben sei. Von ihrer Aufrichtigkeit überzeugt, hüllte sich Nala in das Zaubergewand des Schlangenkönigs und wurde wieder, der er einmal gewesen war.

Unter allgemeinem Jubel waren nun Ehemann, Frau und Kinder wieder vereint. Nala löste sein gegebenes Versprechen ein und übermittelte Rituparna sein Wissen über Pferde; nun mußte er nur noch seine Besitztümer und Titel von Puschkara zurückgewinnen. Mit seinen neuerworbenen Erkenntnissen vom Würfelspiel, die er Rituparna verdankte, gelang es ihm mit einem einzigen Wurf, alles Verlorene wiederzubekommen. Er verzieh seinem fassungslosen, beunruhigten Bruder und setzte seine standhafte Frau mit den samtschwarzen Augen wieder als Königin ein. Seinen Kindern gab er ihre angestammten Rechte zurück. So lebten sie fortan rechtschaffen und in Frieden mit ihren treuen Untertanen.

Ein leichtsinniges Versprechen

Alle, die an der Gerechtigkeit im Verlauf des Schicksals einer Liebe zweifelten, konnten Hoffnung schöpfen aus der Geschichte, die ein mittelalterlicher Dichter von einem bretonischen Paar erzählte. Arveragus und seine Gemahlin Dorigen liebten einander so sehr, daß selbst die kürzeste Trennung ihnen qualvoll war. Als Arveragus von seinem Herrn zu einem wichtigen Auftrag nach England geschickt wurde, war Dorigen untröstlich. Jeden Tag wanderte sie an den Klippen entlang, starrte auf die unter ihr liegenden zerklüfteten Felsen und stellte sich vor, daß das Schiff des Geliebten an ihnen zerschellte, bevor er in ihre Arme zurückkehren konnte.

Eines Morgens schloß sich ihr ein junger Gutsherr aus ihrer Bekanntschaft namens Aurelius an und gestand ihr, daß er seit langem in Leidenschaft zu ihr entbrannt sei. Dorigen erwiderte sofort, daß sie ihren Mann nie betrügen werde. Dann schränkte sie scherzhaft ihre abrupte Absage ein: An dem Tage, erklärte sie, an dem Aurelius die Küste der Bretagne von ihren tückischen Felsen befreie, werde sie ihm gehören.

Getrieben von seiner Liebe zu Dorigen, wandte sich Aurelius an einen Astrologen, der berühmt dafür war, daß er Illusionen schaffen konnte, die wirklicher als das Leben waren. Aurelius bot dem Weisen eine fürstliche Summe, wenn er die Felsen der Bretagne für eine Woche verschwinden lassen könne. Der Gelehrte berechnete die Konjunktur der Planeten, die seiner Zauberei am günstigsten war. An dem entsprechenden Tage schien sich die Küste der Bretagne zu einem ebenen, sandigen Strand abzuflachen. Als Dorigen am nächsten Morgen aus dem Fenster blickte, glaubte sie ihren Sinnen nicht zu trauen. Mit Entsetzen erinnerte sie sich ihres Versprechens.

Am Abend des gleichen Tages kehrte Arveragus heim. Dorigen beichtete ihm alles. Der Ritter erklärte, daß ihre Ehe auf dem Fundament der Ehrenhaftigkeit errichtet sei und daß sie ihr Wort halten müsse. Danach würde Arveragus sie wieder bei sich aufnehmen. Als Aurelius von diesem Gespräch erfuhr, war er so gerührt durch Dorigens Verzweiflung und den Großmut ihres Gatten, daß er auf seinen Anspruch verzichtete.

Liebe über den Tod hinaus

In Tibet erzählten Geschichtenerzähler an langen, kalten Winterabenden das Märchen von einem Liebespaar, dessen Liebe so stark war, das sie nicht nur den Widerstand der Eltern, sondern auch den Tod selbst überlebte. Das Paar, dessen Namen mit der Zeit verlorengingen, traf sich an einer Furt. Jeden Tag machten sich beide allein auf den Weg dorthin, um die Jaks ihrer Familien zu tränken. Eines Morgens kamen sie miteinander ins Gespräch. Sie unterhielten sich lange, trennten sich nur unwillig voneinander und verabredeten sich wieder für den nächsten Tag. Bei ihrem zweiten Treffen verliebten sie sich unsterblich ineinander.

Die folgenden Wochen waren beunruhigend für das Paar. Eheschließungen im alten Tibet waren Familienangelegenheiten und wurden häufig schon bei der Geburt abgesprochen; nicht geplante Verbindungen bedeuteten Schande. Die beiden mußten daher ihre Liebe vor ihren Familien geheimhalten, trafen sich aber dennoch auch weiterhin jeden Morgen an der Furt.

Eines Tages schien der Jüngling noch aufgeregter als sonst, als er auf die Ankunft seiner Geliebten wartete; er zitterte am ganzen Körper, als er sie schließlich kommen hörte. Gleich nach der Begrüßung enthüllte er das Geheimnis, das ihn so aufwühlte. Er hatte ihr ein wertvolles Familienerbstück mitgebracht, einen Silberohrring, bestückt mit Korallen und Türkisen.

Als das Mädchen das Geschenk sah, schwieg es still. Es wußte, daß die Annahme des Geschenks ein unwiderrufliches Liebesgelübde bedeutete. Doch dann löste es voller Leidenschaft einen Zopf und ließ den Jüngling den Ohrring in sein langes schwarzes

Ein junger tibetanischer Hirte schwor seiner Geliebten ewige Treue, indem er einen Ohrring in ihr Haar flocht. Sie nahm das Geschenk an trotz der zu erwartenden Schwierigkeiten.

Haar einflechten. In diesem Augenblick nahm es alle Folgen seines Tuns mit vollem Bewußtsein auf sich.

Eine Tochter kann in der ersten Blüte der Liebe ihre Gefühle nicht lange vor den prüfenden Blicken ihrer Mutter verbergen, und der Ohrring wurde bald entdeckt. Die Mutter erkannte die Stärke der Bindung ihrer Tochter sofort und entschied, daß nur einschneidende Maßnahmen die Familienehre retten könnten.

Sie sandte ihren ältesten Sohn aus, um den Eindringling, der die Liebe ihres Kindes gestohlen hatte, zu töten. Er gehorchte dem Befehl jedoch nur widerwillig und führte deshalb seine Aufgabe eher halbherzig aus, indem er mit seinem Pfeil den Jakhirten lediglich leicht verwundete. Er wußte aber nicht, daß seine Mutter die Pfeilspitze vorsichtshalber vergiftet hatte, so daß der Jüngling unter unsäglichen Qualen starb.

Die Tochter wurde von großer Trauer erfüllt und beschloß, sich für immer von ihrem Elend zu befreien. Sie bat ihren Vater um die Erlaubnis, dem Begräbnis ihres Geliebten beiwohnen zu dürfen. Als sie an der Stätte eintraf, war die Leiche schon auf dem Scheiterhaufen aufgebahrt. Aber so sehr sich die Familienangehörigen des jungen Mannes auch bemühten – der Scheiterhaufen ließ sich nicht entzünden.

Das Mädchen näherte sich dem Holzstapel und zog seinen Mantel aus. Zur Verwunderung der versammelten Trauergäste warf es das Kleidungsstück auf die geschichteten Scheite, die sofort Feuer fingen und hell aufloderten. Dann stürzte es sich mit einem

Ohne seinen ermordeten Geliebten wollte das Mädchen nicht weiterleben. Sie warf sich voller Verzweiflung auf seinen Scheiterhaufen und verbrannte mit ihm.

Wehschrei auf die Bahre des toten Geliebten, und beide wurden zusammen von den prasselnden Flammen verzehrt.

Die Zuschauer waren entsetzt über das Geschehen, dessen Zeugen sie wurden, ohne es verhindern zu können. Die Nachricht von der Tragödie erreichte bald auch die Mutter des Mädchens.

Voller Zorn eilte sie herbei, noch bevor die Asche des Feuers abgekühlt war, und entschied unversöhnlich, daß das junge Paar selbst im Tod nicht vereint sein solle. Sie bestand darauf, daß die Leichen, die in der Hitze des Feuers miteinander verschmolzen waren, getrennt würden.

Die Trauernden schickten nach einem zauberkundigen Schamanen des Ortes, der sogleich fragte, wovor sich die beiden Liebenden zu Lebzeiten am meisten gefürchtet hätten. Es verlautete, daß das Mädchen Frösche verabscheut und der junge Mann Angst vor Schlangen gehabt hatte.

Man fing also eine Schlange und einen Frosch und setzte sie neben den Leichen aus. Die Knochen sprangen wie durch ein Wunder auseinander. Die Mutter bestand nun gleich darauf, daß die beiden Knochenhaufen an den gegenüberliegenden Ufern des Flusses begraben wurden, um ganz sicher zu

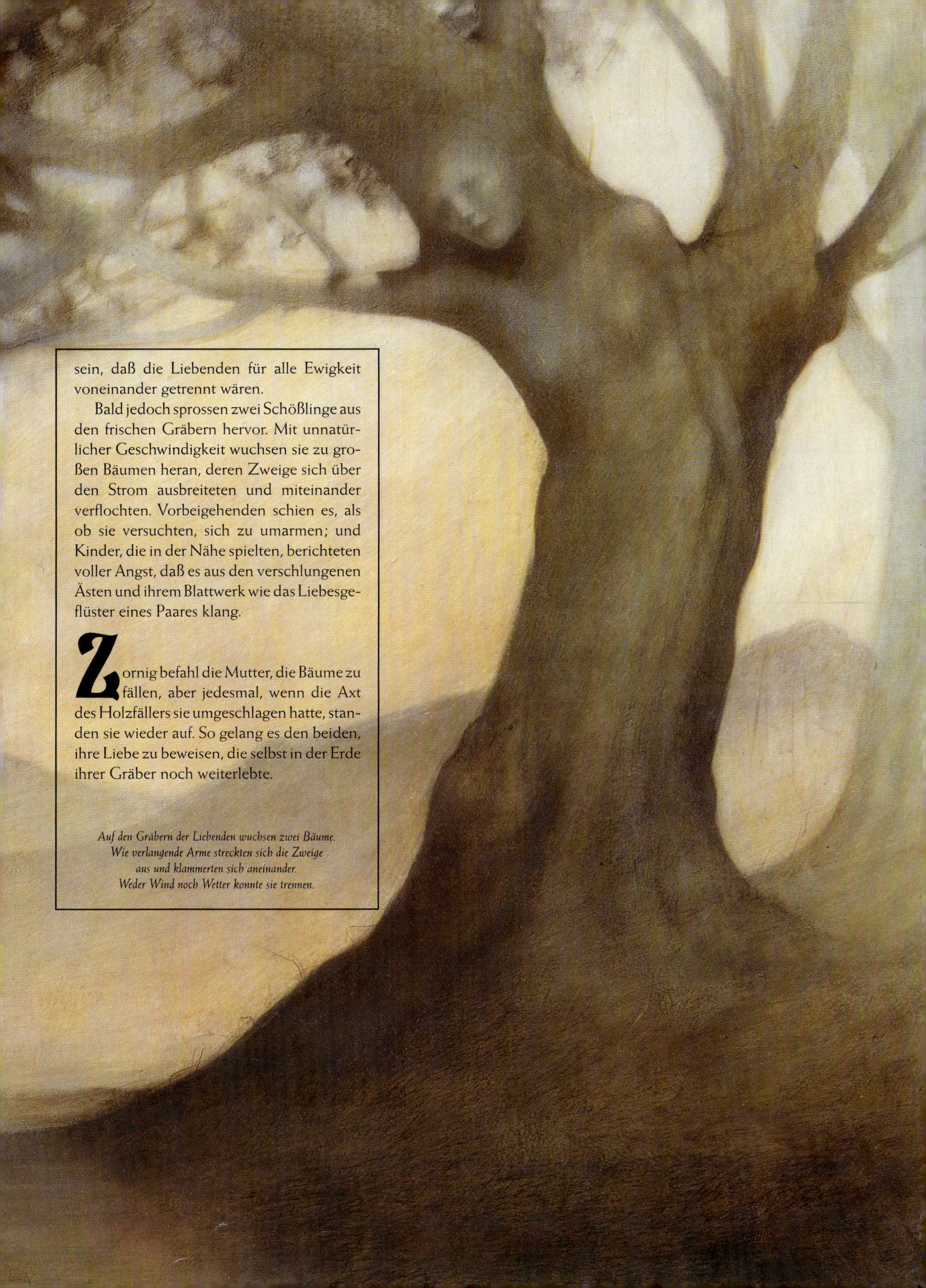

sein, daß die Liebenden für alle Ewigkeit voneinander getrennt wären.

Bald jedoch sprossen zwei Schößlinge aus den frischen Gräbern hervor. Mit unnatürlicher Geschwindigkeit wuchsen sie zu großen Bäumen heran, deren Zweige sich über den Strom ausbreiteten und miteinander verflochten. Vorbeigehenden schien es, als ob sie versuchten, sich zu umarmen; und Kinder, die in der Nähe spielten, berichteten voller Angst, daß es aus den verschlungenen Ästen und ihrem Blattwerk wie das Liebesgeflüster eines Paares klang.

Zornig befahl die Mutter, die Bäume zu fällen, aber jedesmal, wenn die Axt des Holzfällers sie umgeschlagen hatte, standen sie wieder auf. So gelang es den beiden, ihre Liebe zu beweisen, die selbst in der Erde ihrer Gräber noch weiterlebte.

Auf den Gräbern der Liebenden wuchsen zwei Bäume.
Wie verlangende Arme streckten sich die Zweige
aus und klammerten sich aneinander.
Weder Wind noch Wetter konnte sie trennen.

Von einem Ritter und seiner verlorenen Geliebten

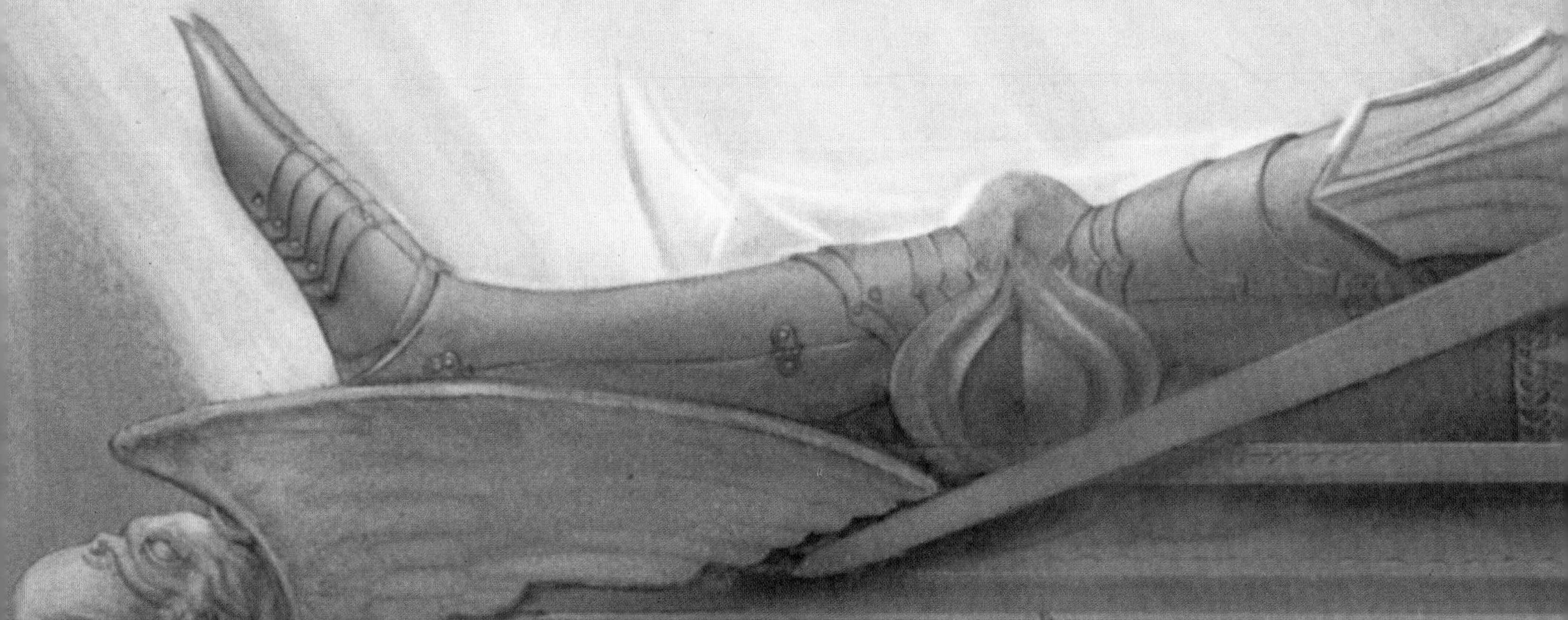

An der französischen Nordgrenze in der Grafschaft Artois stand vor langer Zeit eine einfache Kirche. Unter ihrem hochgewölbten Dach ruhten Seite an Seite die Bildnisse eines Ritters und einer Edelfrau, und ihre steinernen Ellenbogen berührten sich. Die Skulpturen bezeichneten das Grab des Kriegers Sire Eglamour und der Dame Chrystobel – zweier Liebender, die lange und schmerzhaft um ihrer Zuneigung willen leiden mußten. Die Geschichte ihrer schweren Prüfungen bis zu ihrem doch noch glücklichen Ende ist ein Bericht über Wunder und Wundertaten, der viele Jahre und zahlreiche Länder umfaßt.

Sire Eglamour war ein tapferer Ritter und furchtbarer Streiter für die Sache seines Herrn, das Grafen Frensamour von Artois. Sein Unglück war, sich in die grauäugige Chrystobel, dessen Tochter, zu verlieben. Sie war ein Mädchen von fesselnder Eleganz und Schönheit, aber er konnte schwerlich hoffen, ihre Hand durch eine Heirat zu gewinnen; der stolze und besitzgierige Graf wies sogar Bewerber aus königlichem Geblüt ab.

Aber seine Sehnsucht nach ihr, durch die Heimlichkeit nur noch stärker entflammt, quälte ihn bei Tage und erfüllte des Nachts seine Träume. Beim Geräusch ihrer Schritte auf den kalten Steinplatten der Flure, oder wenn nur ihr Schatten über eine Wand huschte, begann sein Herzschlag zu rasen, und das Blut hämmerte in seinen Schläfen. Versammelte sich abends der fürstliche Hof zum Schmaus, pflegte Sire Eglamour sich in seinen Stuhl zurückzulehnen und an den Tischgästen vorbei auf Chrystobels Haar zu starren. Dann krampfte sich sein Magen zusammen, und er stieß voll Verzweiflung seinen Teller von sich.

Schließlich wurde er krank vor Liebe. In dieser Nacht blieb ein Stuhl an der Tafel des Grafen leer. Frensamour wollte wissen, wer von seinen Rittern fehle. Als er hörte, daß es Eglamour war, trug er seiner Tochter, die in seiner Nähe saß, auf, mit ihren Kammerfrauen nach ihm zu schauen und den Grund herauszufinden.

Chrystobel schlüpfte schnell davon, so daß ihr freudiges Erröten nicht auffiel – die Aufmerksamkeit des

stattlichen jungen Mannes ihr gegenüber war ihr nicht entgangen. Sie begab sich mit ihren beiden Zofen in sein Gemach und fand ihn teilnahmslos auf dem Bett ausgestreckt. Chrystobels Anblick belebte ihn augenblicklich, und er erklärte ihr mit leidenschaftlichen Worten seine Liebe, wobei er schwor, er würde sterben, falls sie seinem Antrag keine Beachtung schenken würde. Als er schließlich schwieg, sagte ihm Chrystobels Lächeln schon alles, was er zu wissen begehrte. Mit ernster Miene erklärte sie ihm, sie würde mit ihrem Vater reden und ein Gespräch zwischen beiden Männern nach dem Turnier am folgenden Tag ausmachen.

Die Sonne war untergegangen, aufgegangen und wieder untergegangen, als Eglamour, stolz aufgerichtet auf seinem Gascogner Hengst, auf den Grafen zugalloppierte. Das letzte Turnierspiel war vorüber, und Frensamour, erschöpft und unzufrieden mit dem Verlauf des Tages, schickte sich eben an, an den Hof zurückzureiten. Eglamour grüßte ihn. Dann stieg der junge Ritter vor versammelter Hofgesellschaft vom Pferd und bat Frensamour respektvoll um die Hand seiner Tochter.

In der endlosen Stille, die daraufhin eintrat, vernahm man als einzige Laute nur das Kauen der Pferde auf ihren Trensen und ihr nervöses Umhertänzeln. Eglamours Freunde unter den Reitern warteten erstarrt vor Angst. Schließlich aber schenkte der Graf Eglamour ein Lächeln. Es wäre ihm, so erklärte er, eine Ehre, ihn als Schwiegersohn in die Arme zu schließen; dem ganzen Hof sei er als tapferer und edler Ritter bekannt. Jedoch müsse er zuvor noch drei kleine Aufgaben als Beweis für seine Fähigkeiten bewältigen: Er müsse das menschenfressende Waldungeheuer – den Reisenden unter dem Namen Marok bekannt – ausfindig machen und im Kampf besiegen, darauf den Rieseneber jagen, der das Land Satyn in Angst und Schrecken versetze, und ihn abschlachten. Zum Schluß solle er noch schnell den Drachen töten, der rund um Rom alles verwüstet habe. Mit diesen Worten ritt Frensamour davon und lachte dabei schallend.

Er hatte Eglamour mit einer ehrenvollen Mission betraut, der sich der Reiter nicht entziehen konnte. Aber die Gegner, die er ausgewählt hatte, waren so grauenhaft, daß kein Mensch damit rechnen konnte, eine Begegnung mit ihnen zu überleben. Eglamour blieb dennoch zuversichtlich. Unverzagt schwang er sich wieder in den Sattel, wendete sein Pferd zur Burg hin und reckte sein Schwert zum Gruß in die Höhe. Aus irgendeinem der Fenster, so wußte er, würde Chrystobel ihn beobachten. Dann brach er ohne Verzug auf, um sich der ersten schweren Prüfung zu stellen.

Nach vielen Tagen gelangte Eglamour in das Gebiet, in dem Marok hauste. Hier, mitten im Herzen des finsteren Waldes, herrschte reglose Stille. Kein Vogel sang, und kein Lufthauch bewegte die Zweige der Bäume. Er hielt inne und wartete. Plötzlich flogen vor ihm zwei gewaltige Ulmen zur Seite, und Marok, dreimal so groß wie ein gewöhnlicher Mensch, trat mit Riesenschritten aus dem Gewirr der Äste hervor und schwang eine Keule, so groß wie ein junger Baum.

Eglamour zog sein Schwert. Durch die Lücke, die die Ulmen hinterlassen hatten, traf ein Sonnenstrahl die glatte Klinge und blendete Marok. Der Riese brüllte auf und stolperte. Eglamour stürzte sogleich auf ihn zu, rammte sein Schwert in den ledrigen Hals und schlitzte ihn von einem Ohr zum andern auf. Dann schlug er mit einem Hieb den Riesenkopf ab.

Seiner ersten Pflicht ledig, machte sich Eglamour auf die Suche nach dem Eber von Satyn. Die Reise war lang, aber endlich näherte er sich dessen Lager. Im ganzen Wald rundum lagen die verstümmelten Überreste unglücklicher Opfer verstreut.

Mit einem Speer bewaffnet, pirschte sich Eglamour bei Mondlicht an seine Beute heran. Der Eber, der das große Geschick und die Entschlossenheit seines Gegners witterte, rannte die ganze Nacht hindurch davon. Als jedoch der Morgen heraufdämmerte, drehte er sich zu seinem Verfolger um und ging zum Angriff über. Eglamour zielte mit seiner Waffe genau zwischen die Hauer des Wild-

schweins, aber der Schädel des Tieres war so dick, daß sich dabei die Speerspitze verbog. Der Ritter warf den nutzlos gewordenen Speer weg, fiel mit dem Schwert über das Tier her und stieß es ihm genau ins Herz.

Viele Tage später erschien Sire Eglamour unversehrt als stolzer Sieger mit zwei grausigen Trophäen vor Graf Frensamour. Der Graf blickte ihn finster an und trommelte verärgert auf den Tisch, verbarg jedoch seine Empfindungen, als er sich an den Ritter wandte. Er beglückwünschte Eglamour zu seinen Erfolgen, erinnerte ihn jedoch höflich daran, daß es noch eine dritte Aufgabe zu lösen galt. Der gewaltige Drache vor den Toren Roms war die Plage und der Schrecken der Stadt. Er würde ihren Einwohnern einen großen Dienst erweisen, wenn er sie von dem Monster befreite. Dann tätschelte Frensamour vorgeblich väterlich den Arm jungen des Ritters und entließ ihn gönnerhaft, nicht ohne ihm zuvor als angemessene Belohnung für seine geleisteten Bravourstücke huldvoll zwölf Wochen Ruhepause zu vergönnen.

Die folgenden Monate waren die glücklichsten in Eglamours Leben. Seine Tage verbrachte er auf der Jagd, seine Nächte mit Festgelagen; wohin er auch kam, eilte ihm schon der Ruf seiner Heldentaten voraus. Am glücklichsten jedoch machte ihn die Gewißheit, daß er Chrystobels Zuneigung besaß. In der Öffentlichkeit hielten sie zwar die Fassade sittsamer Höflichkeit aufrecht; insgeheim jedoch trafen sie sich häufig an einem Ort zum Stelldichein, der tief im nahen Wald verborgen lag.

Die idyllische Zeit verstrich wie im Fluge, und am Ende der zwölf Wochen schiffte sich Eglamour nach Italien ein. Vorher schenkte er der Dame seines Herzens noch einen goldenen Ring als Unterpfand seiner Treue. Vor ihm lag die schrecklichste der drei Aufgaben. Der Drache war geradezu eine Ausgeburt an Grausamkeit, was Eglamour leicht feststellen konnte, als er sich den Wäldern näherte, in denen er hauste. Wo einstmals mächtige Espen und Zedern gestanden hatten, waren ringsum nur noch verkohlte Stümpfe und

Aschenhaufen übrig. Der Erde war weggescheuert und schwarzverbrannt. Das Ungeheuer verschlang alles, was ihm über den Weg lief, und versengte seine Opfer mit einem lodernden Feuersturm.

Eglamour trat der Kreatur mit stoischem Mut entgegen. Fest entschlossen, nur ruhmreich zu sterben, stürzte er sich auf seinen Gegner und schwang sein blitzendes Schwert wild über dem Kopf. Der Drachen, schon ganz nachlässig geworden durch die jahrelang so leicht errungenen Siege, ließ alle Vorsicht außer acht. Im nächsten Augenblick hatte ihm Eglamour einen Flügel abgeschlagen, dann ein Bein. Verdutzt und lahm zog sich der Drache zurück und spie dabei seinem Angreifer einen prasselnden Feuerstrahl entgegen. Eglamour wehrte die Flammen mit seinem Schild ab, stürmte wieder vor und rammte dem Drachen sein Schwert ins Maul. Mit schmerzgepeinigtem Gebrüll richtete sich das Untier zu voller Größe auf und riß den Ritter in seinem Rachen mit hoch in die Luft. Dann schleuderte er ihn zu Boden, wo er auf den Rücken fiel. Mit zerschlagenem Körper blieb Eglamour liegen, keuchte nach Luft und sah durch einen wachsenden Schleier von Blut den Drachen von Rom sein Leben aushauchen.

Die Kunde von seinem Sieg breitete sich rasch bis zur Stadt aus, und bevor noch die Nacht anbrach, erschien eine Abordnung von Höflingen, um den schwerverletzten Ritter zu retten. Er wurde in den Palast des Herrschers gebracht und wie ein Held empfangen. Aber sein Leib wies zahlreiche tiefe Wunden auf, die nur langsam heilen wollten. Monatelang war der Ritter an dem fremden Hof ans Bett gefesselt und schwebte zwischen Leben und Tod.

Fern von ihrem Geliebten hatte Chrystobel in Artois nicht nur Grund, sich über seine Abwesenheit zu grämen, sondern mußte auch feststellen, daß sie ein Kind von ihm erwartete. So lange wie möglich suchte sie das Geheimnis zu hüten und wickelte sich in ein-

schnürende Unterkleider, um die Wahrheit sogar vor ihren Zofen zu verbergen. Schließlich aber wurde ihr Zustand offenkundig, und bald darauf schenkte sie einem wohlgeratenen Sohn das Leben.

Der Graf verzehrte sich vor Wut. Sein kleines Mädchen, sein ganzer Stolz, erschien ihm nunmehr als verräterische Hure, die den Bastard eines untergebenen Gefolgsmannes hätschelte. Um seine Ehre zu retten, beschloß er, beide umzubringen.

Aber sogar Frensamour brachte es nicht fertig, Mutter und Kind eigenhändig und kaltblütig zu ermorden. Statt dessen setzte er beide in ein verrottetes altes Fischerboot ohne Ruder und ließ es an einer Stelle mit starken südlichen Strömungen treiben. So lieferte er seine weinende Tochter mitsamt dem Enkel auf Gedeih und Verderb den Gewalten des Meeres aus.

Doch auch dieser Plan des Grafen Frensamour wurde durchkreuzt. Das brüchige Spantenwerk ließ am Kiel zwar Wasser durch, aber wie durch ein Wunder sank das alte Schiff nicht. Stampfend und schlingernd wie Treibgut driftete es eine Woche oder länger dahin, bevor es schließlich an Felsenklippen stieß, die eine Insel säumten. Der alte Schiffsrumpf brach auseinander, aber Chrystobel und das Kind wurden an ein rauhes Ufer geschleudert. Dort wiegte Chrystobel, in der Dunkelheit vor Kälte zitternd, ihren Säugling in den Schlaf und lauschte dem Klang der Wogen, die sich an der Küste brachen. Sie vernahm noch einen anderen Rhythmus: ein Brausen wie vom schnellen Flügelschlag eines riesigen Vogels über ihr in der Luft.

Als der Morgen graute und die Felsen in ein fahles Licht tauchte, sah sie zu ihrem Erstaunen, daß tatsächlich etwas über ihr kreiste. Es war kein gewöhnlicher Vogel, sondern ein Greif – ein geflügeltes Tier mit Adlerkopf und Löwenkörper. Als sie mit offenem Mund hinaufstarrte, stieß das Ungeheuer herab und riß das Baby mit seinen Klauen an sich. Chrystobel schrie auf, aber mit dem nächsten Flügelschlag stieg der Greif schon wieder in die Höhe und schwebte davon in die Ferne.

Während Chrystobel die Kreatur am Horizont entschwinden sah, verfiel sie in tiefste Verzweiflung. Ihre Heimat, ihr Geliebter und nun auch noch ihr Kind waren ihr genommen worden. Aber ihre Lage war nicht so hoffnungslos, wie es den Anschein hatte; denn sie wußte nicht und konnte auch nicht ahnen, daß sie bei ihrer furchtbaren Reise mit ihrem Baby nach Süden die unsichtbare Grenze zu Zauberreichen überquert hatte, wo Dinge möglich waren und auch wirklich vorkamen, die man in Artois für ausgeschlossen hielt.

Ihr Baby kam nicht um. Der Greif trug es nicht etwa zu einem Adlerhorst auf der höchsten Bergspitze, sondern an den Hof seines Herrn, eines alten Königs in der Levante. Der freundliche Monarch hatte schon lange einen Erben ersehnt. So nahm er das Kind, das wie durch ein Wunder vom Himmel gefallen war, mit großer Freude auf, gab ihm den Namen Degrobel und schwor, ihn wie einen eigenen Sohn aufzuziehen.

Das Schicksal erbarmte sich auch Chrystobels. Nach wochenlanger Wanderung über einsame Höhen

und trostlose Ebenen wurde sie von Händlern gefunden, die mit einer Gewürzkarawane in ihr Heimatland Ägypten zurückreisten. Trotz ihrer verwahrlosten Erscheinung erkannten sie ihre edle Herkunft und brachten sie zu ihrem König. Auch er empfing sie freundlich, hieß sie in seinem Haus willkommen und behandelte sie, obwohl er bereits Vater von drei Töchtern war, wie ein Mitglied der Familie.

So kam es, daß sich alle drei Opfer väterlicher Grausamkeit durch das unergründliche Walten des Geschicks an jeweils fremden Höfen wiederfanden, ohne über den Verbleib der anderen etwas zu wissen. Eglamour, immer noch von Hoffnung beflügelt, tat den ersten Schritt. Aber als er das Artois nach vielen Wochen endlich zu Pferde erreichte, empfing ihn dort nur die bittere Kunde von der Untat des Grafen und Chrystobels vermutlichem Tod.

Darauf erlitt er einen Fieberrückfall, der einige Zeit anhielt. Im Wahn schmiedete er phantastische Pläne, wie er den Grafen umbringen könne. Wieder genesen,

überfiel ihn jedoch Resignation; jeder Chance auf sein Glück beraubt, faßte er den Entschluß, als Kreuzfahrer ins Heilige Land zu ziehen.

Die Zeit verflog, und mehr als sechzehn Jahre waren bereits verstrichen, als sich endlich der Vorhang hob vor dem letzten Akt des Schicksalsdramas der vom Unglück verfolgten Liebenden. Der König von Ägypten hegte die Absicht, einen Vertrag mit einem benachbarten Herrscher durch eine diplomatische Hochzeit zu besiegeln. Unter allen Frauen des Hofes wurde Chrystobel als Braut ausersehen. Ihr Kummer hatte sie gleichgültig werden lassen, und ihrem Wohltäter zuliebe schickte sie sich widerspruchslos in die Abmachung. Als die Gesellschaft der Hochzeitsbesucher eintraf, schenkte sie ihrem künftigen Ehemann kaum einen Blick, bis sie das Emblem an seinem Helm bemerkte: ein Greif, der mit einer Klaue ein Kind wie zum Schutz umklammert hielt. Ein aberwitziger Gedanke schoß ihr durch den Kopf, der sich zur Gewißheit erhärtete, als der Bräutigam ihr seine Hand reichte; denn sie entdeckte daran einen Ring – genau denselben, den Eglamour ihr vor vielen Jahren geschenkt hatte. In den düsteren Tagen des drohenden Schiffbruchs hatte sie ihn ihrem Baby als Beweis seiner edlen Abkunft um den Hals gehängt, falls sie getrennt würden.

Freude und Zorn wechselten sich in Chrystobels Gedanken ab. Aber bevor sie noch ein Wort mit dem jungen Mann sprechen konnte, ertönte im Schloßhof ein Trompetensignal. Nach altem Brauch verkündeten die königlichen Herolde der Welt das Heiratsaufgebot. In Wirklichkeit diente ihre lärmende Aufforderung lediglich dazu, den Beginn eines Turniers anzuzeigen, bei dem der Bräutigam gegen alle und jeden zum Wettkampf antreten würde.

Es traf sich, daß zu selben Zeit Sire Eglamour durch Ägypten reiste. Der Kreuzzug war beendet, und er befand sich einsam und erschöpft auf dem Wege nach Hause. Wie viele ehemalige Kreuzritter beteiligte er sich an Preiskämpfen, um seine Reisekosten zu bezahlen. Als er aus der Ferne die Einladung der Herolde

hörte, ritt Eglamour in den Turnierplatz ein und nahm unter den Wettkämpfern Aufstellung.

So kam es, daß Eglamour unter den Augen seiner vor langer Zeit verlorenen Geliebten gegen seinen eigenen Sohn an dessen Hochzeitstag zum Kampf antrat. Wie nun der ältere Ritter den jungen vom Pferd warf und ihm gleich darauf chevaleresk wieder vom Boden aufhalf; wie Chrystobel schließlich den Sieger erkannte, als er seinen Helm zum Gruß in die Höhe reckte; und wie sie die versammelte Menge schokkierte, weil sie auf den Turnierplatz rannte, um den Fremden zu umarmen – all diese Ereignisse lieferten jahrhundertelang den Stoff für Geschichtenerzähler und die Lieder der Minnesänger.

Als die beiden Herrscher, die beim Turnier den Vorsitz führten, aus atemlos hervorgestoßenen Wortfetzen die seltsame Wahrheit erfuhren, schworen sie sogleich, bei der Wiedergutmachung des alten Unrechts mitzuhelfen. Mit ihrem Segen wurden Sire Eglamour und Chrystobel, die während der besten Jahre ihres Lebens voneinander getrennt waren, schon bald vereint. Degrobel hatte ebenfalls Grund zur Freude, denn nun war er frei für seine große Liebe, Ardanata, die Tochter des Königs von Satyn. Für beide Paare fand eine gemeinsame Hochzeitsfeier statt.

So kam es, daß Eglamours und Chrystobels Liebe entgegen aller Wahrscheinlichkeit doch noch den Sieg davontrug. Als die Festlichkeiten vorüber waren, kehrte das Paar zusammen mit seinem Sohn und der Schwiegertochter nach Artois zurück. Dort herrschte immer noch Graf Frensamour, Chrystobels Vater. Die bitteren Enttäuschungen der Vergangenheit, die Gewißheit, ohne Erben sterben zu müssen, machten ihn nur noch anmaßender und gehässiger, als er es in jüngeren Jahren gewesen war. Wenn er je Gewissensbisse hatte, seine Tochter und seinen Enkel der zweifelhaften Gnade des Meeres überantwortet zu haben, so hatte er sie nie bekannt.

Es hieß, daß er zum Tyrannen für seine Untertanen wurde und ein gestrenger Herr innerhalb seines Hofes.

Er verbrachte seine Zeit damit, Gesetze zu erlassen, die das Elend der Bevölkerung vergrößerten. Mit dem Einverständnis bestechlicher Verwalter erhöhte er die Abgaben für seine Pächter und Bauern. Es bereitete ihm Vergnügen, ihr Hab und Gut zu beschlagnahmen, wenn sie seine überzogenen Forderungen nicht erfüllen konnten. Seine Kerker waren voll von Menschen, die durch Wort oder Tat sein Mißfallen erregt hatten, und seine Henker in ihren schwarzen Kapuzen hatten keinen Mangel an Arbeit.

Einige meinen, Graf Frensamour sei, kaum daß er das Nahen seiner Tochter und ihrer Familie vom Fenster eines hohen Turmes aus erspäht hatte, von Angst und Schuldgefühlen gepeinigt, in den Tod gestürzt; andere behaupten, er sei im Duell von Sire Eglamour getötet worden. Die Haus-Chronik berichtet lediglich, der edle Sire Eglamour sei König des Artois geworden und Chrystobel seine Königin. Und für den Rest ihres Lebens seien sie es zufrieden gewesen, möglichst viel Zeit allein miteinander zu verbringen.

Danksagungen

Die Herausgeber danken folgenden Personen und Institutionen für die Unterstützung bei der Vorbereitung dieses Bandes: Guy Andrews, London; Mike Brown, London; Lesley Coleman, London; Fergus Fleming, London; The Folklore Society, London; John Gaisford, London; Nick Growse, Bury St. Edmunds, Suffolk; The London Library, London; Jackie Mathews, London; Kate Pullinger, London; Deborah Thompson, London.

Quellennachweis der Abbildungen

Nachstehend sind die Quellen für die Illustrationen dieses Buches aufgeführt. Soweit bekannt, ist der Name des Künstlers dem Nachweis vorangestellt.

Einband: Eleanor Fortescue-Brickdale, mit frdl. Genehmigung des City of Bristol Museum und der Art Gallery/Bridgeman Art Library, London. 1–5: Illustrationen von John Sibbick. 6: Illustration von Collier Smithers, mit frdl. Genehmigung der Fine Arts Photographic Library, London. 9–17: Illustrationen von Nick Harris. 19–22: Illustrationen von Johnny Pau. 25: Illustration von Graham Ward. 26–31. Illustrationen von Jenny Tylden-Wright. 33–34: Illustrationen von Graham Ward. 36–48: Edmund Dulac aus *Princess Badoura, A Tale from The Arabian Nights,* Hodder and Stoughton, 1913. 50: G. F. Watts, mit frdl. Genehmigung von The Watts Gallery, Guildford. Vignetten von Alan Baker. 52–57: Illustrationen von Tony Smith. 58–59: Illustrationen von Roy Coombes, illuminierter Buchstabe von Margaret Wood. 60–63: Illustrationen von Roberto Innocenti. 64–65: Vignetten von Tim Pearce. 66–67: Illustrationen von Paola Piglia. 69–72: Illustrationen von Jennifer Eachus. 74–75: J. W. Waterhouse, mit frdl. Genehmigung von The Walker Art Gallery, Liverpool. 76: J. W. Waterhouse, Privatsammlung, mit frdl. Genehmigung von Marlborough Fine Art Ltd. (London) 77: J. W. Waterhouse, mit frdl. Genehmigung der Fine Arts Photographic Library, London. 78–79: Illustration von Susan Gallagher. 80–81: Vignetten von Tim Pearce. 82–83: Illustration von Susan Gallagher. 85: Illustration von Harry Brockway. 86–95: Illustrationen von Kinuko Y. Craft. 96: Edward Burne-Jones, mit frdl. Genehmigung der Staatsgalerie Stuttgart. 96–97: Vignetten von Tim Pearce. 99–107: Illustrationen von Michael Hague. Vignetten von Philip Argent. 109: Illustration von Tom Adams. 110–117: Mit frdl. Genehmigung des Board of Trustees des Victoria and Albert Museum, London. 110–119: Vignetten von Andrew Monks. 120–121: Illustrationen von Arthur Barbosa. 122–127: Illustrationen von Susan Gallagher. 128–139: Illustrationen von John Howe. 144: Illustration von John Sibbick.

Bibliographie

Ahmad Shah, Rev.: *Four Years in Tibet.* E. J. Lazarus & Co., Benares 1906
Pictures of Tibetan Life. E. J. Lazarus & Co., Benares 1906
Aldington, Richard, und Delano Ames (Übers.): *New Larousse Encyclopedia of Mythology.* The Hamlyn Publishing Group, London 1985
The Arabian Nightes' Entertainments. George Routledge and Sons, London o. J.*
Ashton, John: *Romances of Chivalry.* T. Fisher Unwin, London 1887*
Aston, W. G.: *Shinto (The Way of the Gods).* Longmans, Green and Co., London 1905
Aucassin and Nicolette, and Other Tales. Übers. v. Pauline Matarasso. Penguin Books, Harmondsworth, England 1971*
Baker, Margaret: *Discovering the Folklore and Customs of Love and Marriage.* Shire Publications Ltd., Aylesbury, England 1974
Baldick, Robert: *The Duel.* Chapman and Hall, London 1965
Ballard, Martin: *Scholars and Ancestors, China under the Sung Dynasty.* Methuen Educational Ltd., London 1973
Barber, Richard: *The Reign of Chivalry.* David & Charles, Newton Abbot, England 1980
The Knight and Chivalry. Boydell Press, Ipswich 1974
Boccaccio, Giovanni: *Decameron.* Übers. v. Heinrich Steinhöwel. Hrsg. v. Adalbert von Keller. Literarischer Verein Stuttgart, 1860*
Boyajian, Zabelle C.: *Armenian Legends and Poems.* J. M. Dent & Sons Ltd., London 1916*
Bulfinch, Thomas: *Myths of Greece and Rome.* Penguin Books, Harmondsworth, England 1981*

Cavendish, Richard: *Man, Myth and Magic.* 11 Bde. Marshall Cavendish, New York 1983

Chandler, Richard E., und Kessel Schwartz: *A New History of Spanish Literature.* Louisiana State University Press, Baton Rouge, Louisiana, 1961

Christie, Anthony: *Chinese Mythology.* The Hamlyn Publishing Group Ltd., Feltham, England, 1968

Coghill, Nevill: *Geoffrey Chaucer, The Canterbury Tales.* Penguin Books, London 1951*

Cotterell, Arthur: and Yong Yap: *The Early Civilization of China.* Weidenfeld and Nicolson, London 1975

Davis, F. Hadland: *Myths & Legends of Japan.* Harrap & Company, London 1912*
Japan, From the Age of the Gods to the Fall of Tsingtau. T. C. & E. C. Jack Ltd., London 1916

Davis, William Stearns: *Life on a Mediaeval Barony.* Harper & Brothers, New York 1923

Delort, Robert: *Le Moyen Age.* Histoire illustrée de la vie quotidienne. Edita, Lausanne 1972

Ellis, George: *Specimens of Early English Metrical Romances.* Henry G. Bohn, London 1848

Erzählungen aus Tausendundeiner Nacht. Neu erz. v. Günter Groll. Droemer-Knaur Verlag, München o.J.

Euripides: *Sämtl. Tragödien und Fragmente.* Griech.–Dt., 6 Bde., Übers. v. Ernst Buschor (Sammlg. Tusculum), Artemis-Verlag, München o.J.

Gernet, Jaques: *Daily Life in China on the Eve of the Mongol Invasion 1250–1276.* Übers. v. H. M. Wright. George Allen & Unwin Ltd., London 1962

Gibson, Michael: *Götter und Helden der Griechen.* Tessloff, Hamburg 1979

Givry, Grillot de: *Witchcraft, Magic & Alchemy.* Dover Publications, New York 1971

Goodrich, Norma Lorre: *The Ways of Love.* George Allen & Unwin Ltd., London 1965

Gower, John: *Confessio Amantis (The Lover's Shrift).* Penguin Books, Harmondsworth, England 1963

Grigson, Geoffrey: *The Goddess of Love.* Constable, London 1976

Guerber, H. A.: *Legends of the Rhine.* A. S. Barnes & Co., New York 1895*

Gupta, Shakti M.: *Loves of Hindu Gods and Sages.* Allied Publishers, Bombay 1973

Herald, Jacqueline: *Renaissance Dress in Italy 1400–1500.* Bell & Hyman, London 1981

Hogarth, Peter, und Val Clery: *Dragons.* Allen Lane (Penguin Books), London 1979

Hope Moncrieff, A. R.: *Classic Myth and Legend.* The Gresham Publishing Company, London 1912

Hull, Eleanor: *Folklore of the British Isles.* Methuen & Co. Ltd., London 1928

Hyde-Chambers, Fredrick und Audrey: *Tibetan Folk Tales.* Shambhala Publications Inc., Boulder, Colorada 1981*

Kalakaua, His Hawaiian Majesty: *The Legends and Myth of Hawaii.* Charles L. Webster & Co., New York 1888

Lane, Edward William: *Arabian Society in the Middle Ages.* Chatto and Windus, London 1883

Leach, Maria: *Funk & Wagnall's Standard Dictionary of Folklore, Mythology and Legend.* Harper & Row, San Francisco 1984

Leyel, Mrs. C. F.: *The Magic of Herbs.* Jonathan Cape Ltd., London 1920

Lha-Mo, Rin-Chen: *We Tibetans.* Seeley Service & Co., London 1926

Lines, Kathleen: *Faber Book of Greek Legends.* Faber & Faber, London 1973*

MacCulloch, J. A.: *The Childhood of Fiction: A Study of Folk Tales and Primitive Thought.* John Murray, London 1905

Macfie, J. M.: *Myths and Legends of India.* T. & T. Clark, Edinburgh 1924*

MacKay, Dorothy Epplen: *The Double Invitation in the Legend of Don Juan.* Stanford University Press, Stanford University, Kalifornien, 1943

Mackenzie, Donald A.: *Indian Myth and Legend:* The Gresham Publishing Company, London 1913*

Mandel, Oscar: *The Theater of Don Juan.* University of Nebraska Press, Lincoln, Nebraska, 1963

McClelland, I. L.: *Tirso de Molina.* Institute of Hispanic Studies, Liverpool, England, 1948

McNeill, F. Marian: *The Silver Bough.* Bd. 1. Scottish Folk-Lore and Folk-Belief. William Maclellan, Glasgow 1957

Meller, Walter Clifford: *A Knight's Life in the Days of Chivalry.* T. Werner Laurie Ltd., London 1924

Ovid: *Methamorphosen.* Lat.-Dt. Übers. v. Hermann Breitenbach. Artemis-Verlag, München 1964*

Owen, D. D. R.: *Noble Lovers.* Phaidon Press Ltd., London 1975

Page, Robin: *The Country Way of Love.* Penguin Books, Harmondsworth, England 1983

Parker, Alexander A.: *The Philosophy of Love in Spanish Literature.* Hrsg. v. Terence O'Reilly. Edinburgh University Press, Edinburgh 1985

Pasteur, Violet M.: *Gods and Heroes of Old Japan.* Kegan Paul, Trench, Trübner and Co., London 1906*

Piggott, Juliet: *Japanese Mythology.* Newnes Books, Feltham, England, 1982

Pindarus: *Oden.* Übertr. v. Wolfgang Schadewaldt. Insel-Verlag, Frankfurt 1984

Ramsey, Lee C.: *Chivalric Romances.* Indiana University Press, Bloomington 1983

Rank, Otto: *Die Don-Juan-Gestalt.* Internat. Psycholog. Verlag, Leipzig 1924*

Riordan, James: *A World of Folk Tales.* The Hamlyn Publishing Group, London 1981*

Sanders, Tao Tao Liu: *Dragons, Gods & Spirits from Chinese Mathology.* Peter Lowe, London 1980*

Scherer, Margaret R: *The Legends of Troy in Art and Literature.* The Phaidon Press, New York 1963

Seaton, R. C.: *Apollonius Rhodius, The Argonautica.* William Heinemann, London 1912

Seklemian, A. G.: *The Golden Maiden and Other Folk Tales and Fairy Stories Told in Armenia.* The Helman-Taylor Company, Cleveland, Ohio, 1898

Sharpe, Charles Kirkpatrick: *A Historical Account of the Belief in Witchcraft in Scotland.* Hamilton. Adams & Co., London 1884

Thompson, C. J. S.: *The Hand of Destiny.* Rider & Co., London 1932

Thompson, Stith: *Motif-Index of Folk-Literature.* 5 Bde. Indiana University Press, Bloomington, Indiana, 1968

Thrum, Thos. G.: *Hawaiian Folk Tales.* A. C. McClurg & Co., Chicago 1907*

Vickery, Roy (Hrsg.): *Plant-Lore Studies.* Mistletoe Series, Bd. 18. The Folklore Society, London 1984

Walker, Benjamin: *Hindu World.* George Allen & Unwin Ltd., London 1968

Werner, E. T. C.: *Myths & Legends of China.* Benjamin Blom Inc., New York 1971

Westermarck, Edward: *Ritual and Belief in Morocco.* Bd. 1 u. 2. Mcmillan, London 1926

Williams, C. A. S.: *Outlines of Chinese Symbolism and Art Motives.* Charles E. Tuttle Company, Rutland, Vermont 1974

Wilson, Richard: *The Indian Story Book.* Mcmillan and Co. Ltd., London 1914*

**Mit einem Stern gekennzeichnete Titel waren bei der Vorbereitung dieses Bandes besonders hilfreich.*

TIME-LIFE BÜCHER

Leitung der europäischen Redaktion:
Ellen Phillips
Direktor des Designs: Ed Skyner
Leitung der Administration: Samantha Hill
Chef-Assistentin: Ilse Gray

VERZAUBERTE WELTEN

Chefredakteurin: Ellen Galford
Bildredakteur: Mark Karras
Designerin: Lynne Brown
Administration der Serie: Eugénie Romer

Redaktionsstab des Bandes
Liebesglück und Liebesleid:
Verantwortlicher Redakteur: Tony Allen
Vertragsautorin: Ellen Dupont
Dokumentation: Susie Dawson
Textredakteurinnen: Frances Dixon,
Jane Hawker
Assistentin der Designerin: Julie Busby

Leitung der deutschen Redaktion:
Marianne Tölle
Textredaktion: Christine Westphal

Aus dem Englischen übertragen von
Sibylle Dralle, Beate Gorman, Ingrid Hyland, Alžbeta Lettowsky, Evelyn Voß,
Hans-Heinrich Wellmann

Der Berater

Tristram Potter Coffin, Professor für englische Sprache und Literatur an der University of Pennsylvania, ist eine führende Kapazität auf dem Gebiet der Volkssagen und Volkskunde. Er hat zahlreiche Bücher und mehr als 100 Artikel verfaßt. Seine bekanntesten Werke sind *The British Traditional Ballad in North America, The Old Ball Game, The Book of Christmas Folklore* und *The Female Hero.*

Dieser Band gehört zu einer Reihe, die sich mit Mythen, Sagen und Märchen befaßt.

Authorized German language edition

Original U.S. edition

Third German printing 1992.

ISBN 90-6182-934-8

TIME LIFE BÜCHER

WUNDER DER WISSENSCHAFT
SYSTEM ERDE
BIBLIOTHEK ERSTAUNLICHER FAKTEN UND PHÄNOMENE
LERNEN IST LUSTIG
KINDER ENTDECKEN...
REISE DURCH DAS UNIVERSUM
GEHEIMNISSE DES UNBEKANNTEN
SPEKTRUM DER WELTGESCHICHTE
FIT UND GESUND
GESUNDE KÜCHE FÜR GENIESSER
COMPUTER VERSTEHEN
VERZAUBERTE WELTEN
LÄNDER DER ERDE
DER PLANET ERDE
HANDBUCH DES HEIMWERKERS
DIE KUNST DES KOCHENS
WILDNISSE DER WELT

REPROSATZ: UTESCH SATZTECHNIK GMBH, HAMBURG
DRUCK UND EINBAND: BREPOLS S.A., TURNHOUT, BELGIEN